渤海
黄海
日本海
東朝鮮灣
西朝鮮灣
萊州灣
直隸灣

菊池一男

私と満洲

逃避行と開拓団の記録

元就出版社

元満洲201部隊富樫隊第１班将兵。円内は著者

第11回興安会。平成6年7月21日、靖国神社で。後列左から2番目が著者

まえがき

私は昭和二十年二月に満洲（現・中国東北部）に兵隊として渡り、あの敗戦、そしてソ連の捕虜となり、死の逃避行から今日まで幸いにも生き長らえてきたが、あの戦争では多くの若者が犠牲になった。護国の神として散っていった戦友諸氏のためにも、当時の出来事を後世に伝えたいと思っている。そこで当時の状況をありのままに描いて、青春を国のために捧げて異国の果てで散っていった諸君の鎮魂のためにもとの思いで筆を執ることにした。

あれから五十年以上の歳月を経た今日まで、あの満洲であった出来事(戦争やソ連軍の捕虜)や、さらにあの満洲の大平原でのんびり暮らす満人の姿などが、いつも脳裏に浮かび、ときおり思いだしたり夢にも見ることがある。なんとかしてあの時のことを書き残したいとつねづね思っていたが、私のような凡才では、なかなかその気になれずにいた。

それでも齢を重ねるに従い、なんとか粗末な文章でもいい、私の意を伝えたいと思って、奮起して書くことにした。

もともと私は農家の長男として生まれ、働くことだけが仕事と考えてきた関係から、文字を書くとか、文学などとはまったく関心もなく、とても人前に出すような書物など書けるはずもないが、まずい文章でもいい、真実を書きたい。

もちろん、華々しい戦記などは書くつもりもないし、書けるものでもない。私は戦争の経験もあまりないし、戦記ものはこのまない。軍隊用語は一切使いたくない。小説でもないし、誇張や想像もいやだ。思いのままでいい。しかし、それがなかなかできない。

時は流れ、五十年以上前のこと、あの時の苦しみも悲しみも、遠い過去のものとなってしまったが、決して忘れることはできない。だが、いざ書くとなれば、なかなか思いだせず、間違いもあろうし、誤記もあろうが、どうかその点は私の凡才に免じてご容赦願いたいと思っている。皆さんに読んでもらえるならば、このうえない幸せと存じます。

平成十二年一月

菊池一男

私と満洲——目次

まえがき　3

第一部

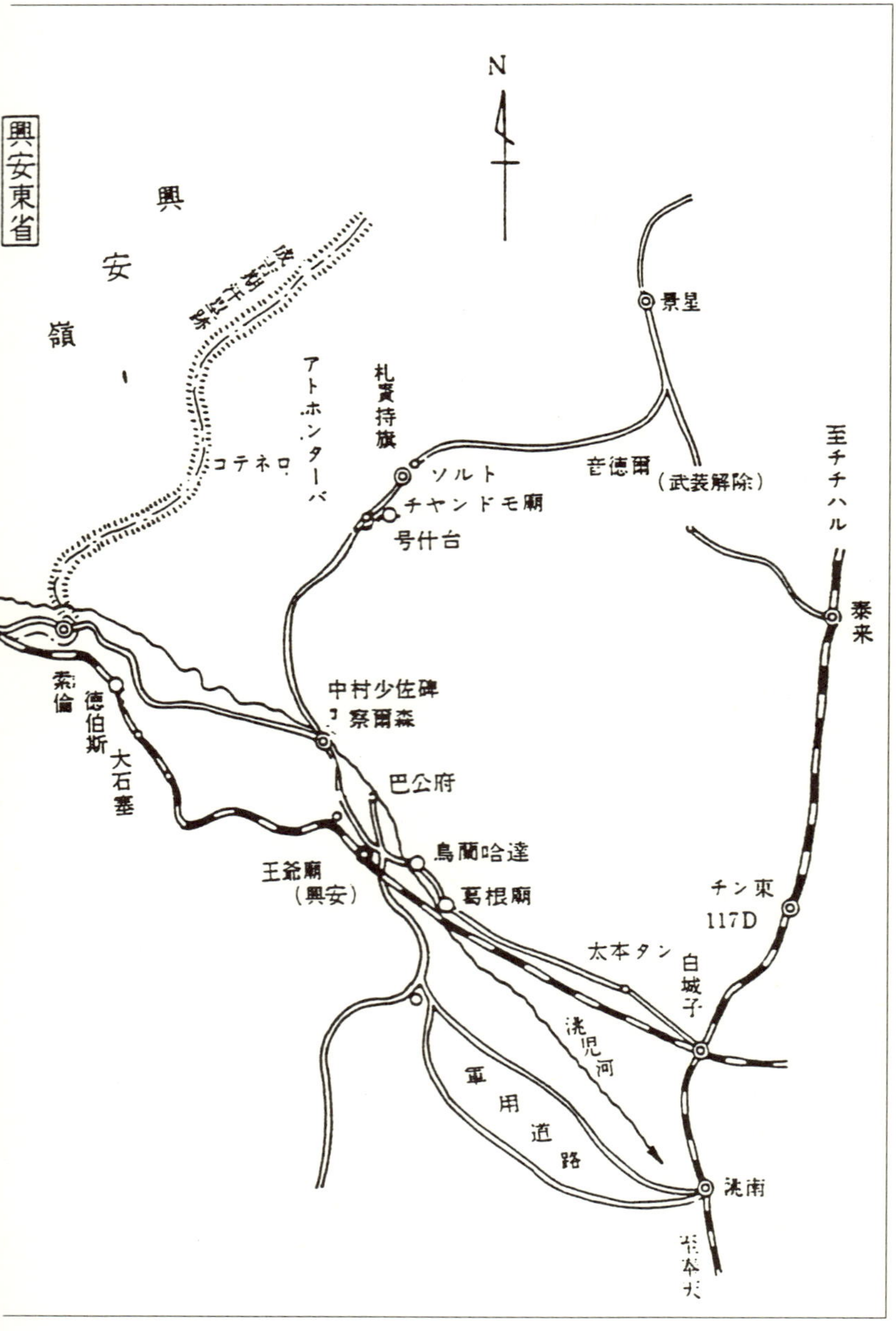
興安東省
N
興
安
嶺
コテネロ
アトホンターバ
札賚持旗
ソルト
チヤンドモ廟
号什台
景星
音徳爾
（武装解除）
至チチハル
泰来
索倫
徳伯斯
大石塞
中村少佐碑
察爾森
巴公府
烏蘭哈達
王爺廟
（興安）
葛根廟
チン東
117D
太本タン
白城子
洮児河
軍用道路
洮南

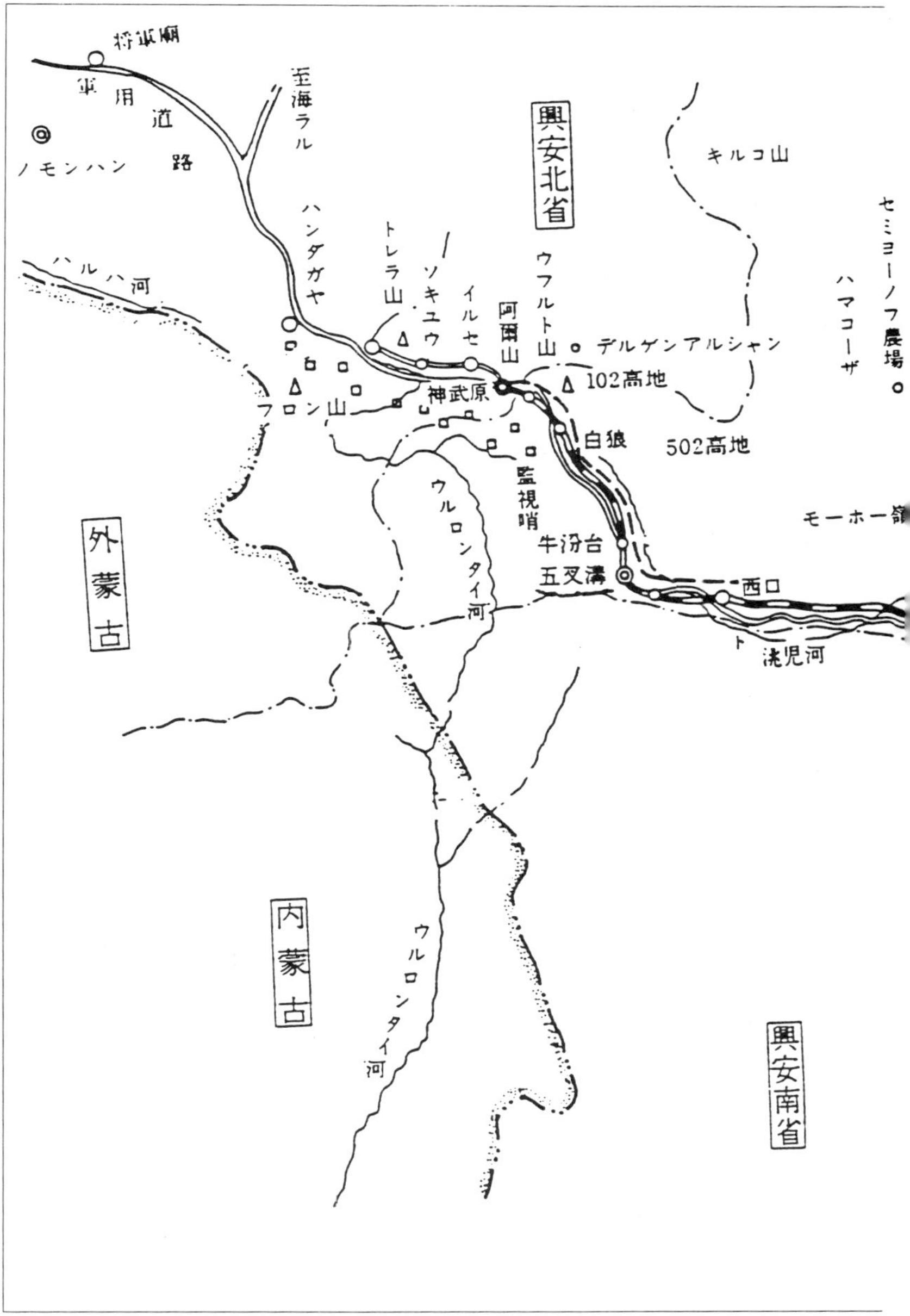

将軍廟
軍用道路
ノモンハン
至海ラル
興安北省
キルコ山
セミヨーノフ農場
ハマコーザ
ハンダガヤ
トレラ山
ソキユウ
イルセ
阿爾山
ウフルト山
デルゲンアルシャン
102高地
502高地
ハルハ河
神武原
フロン山
白狼
監視哨
ウルロンタイ河
牛汾台
五叉溝
西口
洮児河
モーホー
外蒙古
内蒙古
ウルロンタイ河
興安南省

私と満洲

——逃避行と開拓団の悲劇

カバーフォト――著者・雑誌「丸」編集部

第一部

一――なぜか満洲が懐かしい

満洲は、私にとっては第二の故郷のような感じがしてならない。なぜそのように思うのか、私にもよく分からない。生死のはざまであれだけ地獄の苦しみを味わい、人間の生命の極限までさまよった。あの満洲を、なぜ懐かしく思うのであろうか。それは、あの満洲の大地とそこに暮らす満人に魅せられたからであろう。

荒漠たる大地、どこまでも続く大平原、のんびりと草をはむ馬を追って暮らす満人、そこに点在する部落、日本の家とは比べものにならない質素な家、それでいて何世代も同居し、あまり贅沢もせず、自給自足で不満も言わず、それでも満足感に満ち溢れている。

おおらかな気性と何人も受け入れる抱擁力、そして貧しくとも不平も言わず、のんびり暮らすあの姿が、なんとも羨ましい。いまでも新聞などに「満洲」の活字が載っていると、なんだろうと目を凝らして見ている。そのくらい満洲が懐かしい。

満洲の大平原でのんびり暮らしてみたらと、いまでも思うことがある。実際に暮らしてみたなら、考えたようではなかろうが、なぜかそんな気になることがある。

日本は海に囲まれた島国である関係からか、日本人は島国根性とでもいおうか、どこかこせこせしていて、せわしいような感じがする人間性を持っているのかもしれない。また、山が多く、耕地も狭いし、人も多い。だから、毎日が生存競争である。とても満洲のようなのんびりした生活はできない。ある程度、生活文化は高いかもしれないが、おおらかな気持ちや、のんびりした心持ちにはとうていなれない。そのような環境から見れば、いかにも満人の生活が楽しそうに見えたのかも知れない。

そのうえ年齢も若く(二十歳)、多感な、何事にも興味のある年でもあったためかもしれない。それにもまして満洲に興味を持ったのは、その当時、日本の国でも国策として満洲政策を大いに進めたからである。当時は学校でも、満洲のことなど、先生も毎日のように話したものだ。

「王道楽土、五族協和」と喧伝《けんでん》し、満洲に渡れば、耕地も何町歩ともらえる。どうせ農家の二男や三男は、家にいても仕事がないのだから、満洲に行かないかと先生も勧めたのであった。実際その通り、内地にいても仕事がない。ましてや二男や三男にやる耕地などない。仕方がない、働くなら、満洲に行って、ひとはた上げようかと考えたのである。

どこまでも続く満洲の大平原

十五、六歳の少年が親元を離れ、「満蒙開拓青少年義勇軍」として、何万と満洲に渡ったのである。いや少年ばかりではない。満洲の地に楽土を求めて、家族で渡った人も大勢いたのである。だから、いやおうなしに満洲に関心を持つようになった。満洲ってどんなところか、皆が行ってみたいと思ったものだ。そういう時代であったから、私にもその影響があるのかもしれない。

五十年以上過ぎた今も、あの満洲が懐かしくて、軍隊当時の戦友諸氏が毎年集まり（興安会という）、懇親を深めている。興安会とは、わが中隊（二〇一）が興安嶺に駐屯していた関係からとった名称である。また、昭和五十五年には、『興安』という立派な体験記も出版されているのである。

いまでも年に一回は集まって酒を汲み交わし、当時の話などを懐かしく一晩中語りあったりしているが、なにしろ若くて七十五、六。八十の坂を越えた人もいる。年々少なくなっていくのが辛いが、これもいたしかたがない。もう少しで、これらの出来事も過去のものとして忘れ去られていくことであろう。それにつけても、この出来事を後世に伝えなければならないと思っている。

いまでもあの満洲は、なんとなく懐かしく思っている。今も私の青春の一ページに、強烈な印象として刻み込まれているのである。

二――私と満洲

私が満洲に渡ったのは、昭和二十年二月である。もちろん、当時の状況からして軍隊の一員としてであった。われわれが育った時代は、大平洋戦争のまっただ中、学校も戦時色一色の時代である。私たちが尋常小学校高等科の頃は、先生からも戦争についての話が多くなり、満蒙開拓青少年義勇軍をよく勧められた時代である。これも国の政策であったから致し方ない。私の同級生でも、菊池武也君や多田正吉君など、多くの若者が満蒙の荒野に、「王道楽土、五族協和」をとの願いを目的として渡ったのである。

昭和十九年頃になると、戦争も激しさをまし、日本も南方方面ではどんどんと敵に押されぎみとなり、なんとなく負けるような気配がしてきた。もちろん、われわれなどはそんなことは知るよしもない。そのためか、十九年には十九歳と二十歳の若者が、一緒に徴兵検査を受けることになったのである。

私もその一人として検査をうけたが、見事に甲種合格である。当時としては大変名誉に思い、嬉しかった。兵隊に行かなければ恥ずかしいと思った時代であるから、甲種合格になるのは名誉なことであった。

そのうち昭和二十年二月十日に、「弘前の五十七部隊に入隊せよ」との通知がきたのである。軍隊に入るのは名誉と思っていた時代であるから、大いに喜んだものである。だが、家族とすれば、二度と帰ってくるのかどうか心配でたまらない。私は男一人の長男で、しかも農家の跡取りである。戦争にでも行けばどうなるかわからない。そのうえ、結婚していて息子一人もあったのだから、家族とすれば大変心配なことであったと思う。

しかし、私本人はあまりそのように深刻には考えなかったように思う。なんとなく軍隊というところは厳しいところだとは聞いていたが、その反面、面白いような気もしていた。行ってみたいような気にもなる。やはりまだ若いせいか、今思い出してもみても、よくぞそのように単純な考えであったなと思っている。

だから戦地にいっても、死ぬということなどを真剣に考えたことがない。なんとなく仕方がないんだと思っていた。国のためとか、国家安泰のためなどとも、あまり真剣に思わなかった。少しはそうした気持ちもあったではあろうが……。ただ、私が帰らないと家族が大変だろうと、時々は思っていたが、いくら考えてもかなわぬことであるからと、それほど考えなかった。

「入隊せよ」との通知がきた時、いよいよ来たかと思った。それからは、家族や隣り近所の人たちがいろいろと心配してくれ、千人針(布に虎などの絵を描いたものに、一人一針ずつ縫って千人に縫ってもらい、無事で帰ってくるようにとのお守りである)なども用意し、幟《のぼり》には『祝　出征菊池一男君』と書き、日の丸の旗にも、万歳○○君や武運長久などを書いてもらって持っていったものだ。

出発の日は隣り近所、親戚や知人などが大勢集まって祝福してもらってから家を出、今度は部落の氏神様（駒形神社）でたくさんの人たちに集まってもらい、祈願祭をやった。その次には、鱒沢の八幡神社で鱒沢村（当時は鱒沢村であった）の出征兵士が集まり、祈願祭をやって鱒沢駅に着いた。鱒沢よりは八人で、大高瀬の菊池毅君や神子の菊池福治君などがいた。

鱒沢駅では、小友村からも来て大勢である。小友からは菊池春男君などがいて、駅頭では盛んに軍歌「勝って来るぞと勇ましく……」などを歌って、士気を高めたものだ。そうして二月十日に弘前に入隊したのである。出発の日の二月といえば冬のさ中で、まだまだ雪も降る寒い日だったと思っている。

弘前ではいっさい訓練もなくて、毎日のように官物支給(軍隊用語。軍服や帽子、下着、靴下など)である。家から着てきた物は全部送り、軍服や防寒帽、はては下着まで全部着替える。防寒靴なども支給される毎日である。われわれには行く先などいっさい知らされない。しかし、支給されたものから考えて、寒い方面ではなかろうかと、うすうす気がついていた。誰いうとなく満洲のようだと話が漏れてきた。当時としては軍隊の行く先など絶対秘密であるから、誰もそのことなど口にするものはいない。

一週間くらいたったところ、「明日の何時に出発するから、準備するように」との命令である(軍隊は全部命令である)。そうして、二月十七日頃だったと思うが、全員が営庭に整列し、訓示を受け、営庭を後にし出発して弘前駅に向かった。弘前駅に着いたのが夕方である。弘前駅より軍用列車で、それぞれの班長が引率して、列車で出発したのである。

私たちを満洲に引率する班長は、秋田県出身の中村金太郎陸軍伍長であった。

弘前駅よりの軍用列車は、全部窓を締め切り、外は一切みえない。「窓を開けてはいけない」と、班長が云う。「ただ道中が長いので、座席をいろいろ工夫して、ゆっくり座れ」と云われた。つまりは一人は網棚、一人は座席の下に紙などを敷いて休めということなのである。そこでわれわれは、そのようにして休んだのである。

花巻駅には列車が止まり、何人かは見送りなどがあったようだ。軍用列車であるので、もちろん一般の人は乗っていない。われわれ初年兵と引率の班長だけである。

われわれ初年兵はまだ年も若いし、これまであまり列車にも乗ったこともない。どこへ行くのかも知らず、なんとなく楽しいような気分である。なにしろ列車の旅は長いのだ。

「これからまだまだ旅は長いので、なにかやろう。お前たちの中で、歌や芸などができるものはいないか」と、班長が云った。

たまには芸達者な者もいて、さっそく、歌を歌う者やいろいろな物まねをする者などが出てくる。各地から集まった若者たちであるから、とても戦地に行く兵隊とは思えない楽しい雰囲気である。そのうちに食事も出るし、どことなく旅行にでも行くような気分にもなる。

しかし、それもあと何日かの楽しみだったなど、誰にもわからない。これからどんな苦難や悲劇が待ち受けていようなどとは誰も考えていない。なぜか楽しいような気分だけである。まだ若かったせいかもしれない。

そうこうしているうち、列車は東京に近くなってきた。だが、列車はいっこうに進まない。そのころになると、東京も爆撃を受けるようになり、ときどき空襲警報などがあるので列車はなかなか進まないのである。ようやく東京駅に着いたが、列車から降りることはできない。外の様子も、列車の隙間から眺めるだけである。

やがて東京駅も立ち、大阪も通り、いよいよわれわれが乗船する博多駅に着いた。博多港からは朝鮮の釜山港まで船である。この船がまた大変である。私は山で育ったから、生まれてこのかた船になど乗ったことがない。あの有名な波の荒い玄海灘である。とても我慢できない。みんな青くなって、ゲーゲーと吐き始めた。飯がでるが、食えるはずもない。それでも海で育った連中は、平気で人の分まで食べている。

そのうち釜山港に着いた。釜山からはまた列車である。私は始めて朝鮮に渡ったが、なにもかにも珍しいものばかり。当時としては朝鮮などに行く人はあまりなかったので、外国に来たのだと思っただけでも、なんとなく楽しいような気分になった。

列車は北へ北へと、毎日走る。ときどき大きな駅に着くと、全員が降りて、体操や休憩をやってはまた列車は走る。釜山からの列車は、なんとなくニンニクの臭いがする。駅などには、大きな荷物をもった多くの朝鮮の人たちがいて私たちを見ているが、なにを話しているのか言葉がわからないし、話すことさえもできない。車窓から眺めると、日本の家とは違っているので、朝鮮に来たなという実感がしてきた。

朝鮮と満洲の国境には、鴨緑江という大きな川があり、それを渡って、いよいよ満洲国に入った。満洲の鉄道は、日本の鉄道と違って広軌道である。駅のホームは低いので、列車に乗るのは大変である。

朝鮮もそうであったが、満洲も寒さは厳しいもののあまり雪はない。行く先は分からないが、一路、北満へと列車は走る。車窓から眺めると、どこを見ても山は見えない。広漠たる原野だけである。ときおり、点々と満人部落が遠くに見えてくる。ほとんど集落で固まっているようだ。

いろいろ話に聞くと、もともと満洲には匪賊《ひぞく》(集団で部落を襲う盗賊のようなもの)や馬賊などがときどき来て集落を襲うので、みんな集団で固まって生活しているそうだ。集落には土塁を築き、匪賊から集落をまもっているそうだ。畑などには、高粱《こうりゃん》が多く見える。また大豆畑も見える。

やがて奉天駅に着いた。みんな列車を降り、体操などして休息し、また列車に乗り込む。新京駅にも降りて休息し、また列車である。「今度はハルピン駅である」と班長が云ったので、見ると多くの満人がいるではないか。ずいぶん寒そうである。そしてハルピン駅も発車した。

何時間くらい乗ったか分からないが、なんとなく行く先が近いような感じがしてきた。班長も、みんなに、身支度するように話している。私たちもいよいよ着くのかなと思っていると、班長が、「もう少しで、お前たちの兵舎に到着するぞ」と声をかけた。

着いたところは斉斉哈爾《チチハル》の近くで、昂々渓《コウコウケイ》の駅で降り、少し行ったところに立派な二階立ての赤煉瓦作りの兵舎が建っていた。その兵舎に入ったのが、二月の末頃だったと思う。ずいぶん寒かったと記憶している。

一階は私たち富樫隊、二階は田代隊で、毅君や春男君がいた。古兵たちがペーチカを温めていてくれ、暖かく迎えてくれたのを覚えている。

三──軍隊生活

いよいよ軍隊生活が始まる。われわれの駐屯地は満洲国龍江省昂々渓であり、部隊は満洲第一七七連隊。連隊長は米本勝男大佐である。第七中隊の隊長は富樫城蔵中尉であった。富樫隊長は山形県出身の年配の方であり、兵隊思いの方であったと思っている。

第一七七連隊を、戦時中は二〇一部隊と呼んでいた。中隊は第三班まであり、私は第一班で、軽機班（軽機関銃隊）である。第一班の班長は畠山常吉伍長（秋田県出身）の方であった。ほとんどが岩手県出身の徴集兵であるが、志願してきた若い兵隊もいた。一班には、松尾の高橋清四郎君や岩手郡の佐々木昭二君や津志田善右衛門君がいて、今も健在でいる。津志田君については、後で詳しく述べることにしておく。

みんな、今日からは陸軍二等兵である。入隊して二、三日は、古兵たちも優しく迎えてくれたが、日増しに軍務も厳しくなった。「軍人勅諭」を暗記しなければならず、「貴様らは軍人勅諭も知らないのか」と、直ちにビンタがくるのであるが、畠山班長はビンタはやらない人で、やられた覚えもない。消灯して床についても、軍人勅諭の暗記である。「帝国軍人は、軍人勅諭を判らないで務まるか」と怒鳴られたものだ。軍隊というところは、理由のいかんを問わず絶対服従である。

次第に訓練も厳しくなった。毎日が野外にでての猛訓練であるから腹がへる。とても決まった食事だけでは足りない。ときには早く食べて、班長の飯下げにゆく。というのは、班長は毎日ほとんど半分ぐらいしか食べないから、それを下げてきて、残りを食べるのである。みんながそれをやろうとするから、誰よりも早く食べることになるのだ。

軍隊の内務班は、起床ラッパで始まる。不寝番の「起床、起床」と叫ぶ声で起こされ、直ちに軍服に着替え、毛布などを整頓し、営庭に飛び出して週番士官の点呼を受ける。それが日課の始まりである。

軍事訓練や演習は日課であるが、そのころになると、南方の戦線は日増しに後退を余儀なくされ、関東軍もどんどん南方戦線に送りこまれるようになった。われわれが昂々

満洲の広野に暮らす満人たち

渓の兵舎に入ったときも、古兵たちが少し残っているだけで、ほとんど南方戦線に送られたと話していた。そこにわれわれ初年兵が入ったのである。

われわれより一年先輩の兵隊は、フィリピンやマレーシアなどの南方あやうしということで、南方戦線に送られ、多くの兵隊が犠牲になったそうだ。われわれもこの先どうなるか分からない。戦時下にあっては、今後どうなるか、そんなことは誰にも分からない。

ただ毎日の日課は猛訓練の連続であったが、それでも四月頃になると、満洲の広野も日増しに春らしくなってきて、花がいっせいに咲きはじめる。満洲は極寒の冬から、一気に春になるのだそうだ。昂々渓の町は、斉斉哈爾《チチハル》から少し離れたところにあり、そんなに大きな町ではない。この辺りは荒漠たる原野で、山一つ見えない。どこまでも続く果てしない原野である。とても日本などでは想像もできない。

太陽も地平線から出て地平線に暮れる。あの真っ赤な太陽は、日本で見る太陽と違う。とてつもなく大きく真っ赤である。やはり異国で見るせいなのかなーと思ったものだ。

訓練も終え、兵舎に帰るときなど、〽ここは御国を何百里　離れて遠き満洲の　赤い夕日に照らされて　友は野ずえの石の下……と駆け足をしながら歌ったものだが、やはり太陽の沈むのを見ていると故郷が恋しくなり、故郷の山や川、はては家族のことを思い浮かべ、今頃どうしているだろうかなどと思いだす。だが、どうせ、かなわぬことと諦《あきら》めるが、それでも無性に故郷は恋しくなるものだ。ましてや妻子のあるものにとっては、なおさら恋しくなる。

兵舎の近くには部落は見えなかったが、ときおり満人が見える。なにをやっているのかと、よく見ると、大きな熊手のようなもので、野原を引きずって歩く。枯れた草などがたくさん集まるので、それを天秤《てんびん》で担いでゆき、家の近くに一杯集めておいて、冬の燃料にしたり、炊事の燃料にしたりするのである。なにしろ満洲には山がないし、もちろん木などあるはずがない。枯れ草が唯一の燃料なのだ。じつに貴重なのである。

あるとき、われわれは演習に出かけた。そのとき部落に入り、枯れ草を燃やして暖をとったことがある。すると、家の人から大変怒られたことがあった。それもそのはず、部落の人たちにしてみれば、年中大事にして少しずつ燃やすのを、兵隊がきてどんどんと燃やすのだから、怒るのは当然である。満人にしてみれば、日本の統治下のような状態であったので、兵隊も威張っていたからどうすることもできない。ただ泣き寝入りをするばかりである。

斉斉哈爾《チチハル》駅からは、ホロンバイルの大平原もすぐである。ホロンバイル平原の真っ只中を、扎蘭屯《ジャラントン》、海拉爾《ハイラル》を経て満洲里《マンチュリー》行きの鉄道が通っていて、外蒙へも通じている。国境の街黒河《コッカ》を経てソ連にも通じる重要な駅であり、頻繁に列車が発着する大きな街であった。

昂々渓の兵舎で床につくと、夜中に満洲里行きの列車が、ボーボーと汽笛を鳴らしながら走って行く音がとても懐かしく、夢のように、あの列車で日本からこの満洲まできたのかなーと思いながら眠りについたものだ。夜はときどき、日本のことなどを思いだす。軍隊は訓練は辛いが、食べることと寝ることが一番の楽しみである。

斉斉哈爾は日露戦争の時など重要な要所であったと聞いたが、その当時、横川省三は沖禎介らと特別任務班を組織し、鉄道爆破などの任務のため横川班を編成して六名で出かけた。だが、ロシヤのコザック騎兵に捕らえられ、ハルピン郊外で銃殺されて北満の露と消えたのである。盛岡には銅像があるが、東和町にも立派な記念碑が今でも建っている。斉斉哈爾にも、六烈士を祀った「志士の碑」という立派な記念碑があると聞いたので見たいと思ったが、見たことがない。

われわれの富樫隊長は、よく訓示などで、「男は女に惚れられるのは当たり前だが、男が男に惚れる人間になれ」と、ときどき言われたものだ。隊長も、そのような立派な軍人であった。それであればこそ、私たち兵隊は、どんな時(戦地)でも、隊長を信用して一身を捧げるのである。

後で聞いた話だが、八月八日、ソ連軍が参戦してきたとき、わが富樫隊長は若い隊長と違い、兵隊にあまり激しいときは出るなと命令し、弾が落ち着くのを待って戦闘したそうだ。若い将校などは、「それ、進め」といって勇敢に進むことはいいが、犠牲者(戦死者)も多くでるのである。

わが富樫隊長は、勇敢に進むだけが作戦ではない、兵隊を思いやり、いかに犠牲者を出さないかも作戦のうちである、と云っていた有能な隊長であったと思う。後で述べるが、私はソ連軍が満洲に参戦してきた時は、転属（今の部隊から分かれ、別の部隊に移ること）していて、富樫隊長とは一緒ではなかった。ともあれ、年配だったが情けのある方で、立派な隊長だと今でも思っている。

軍隊も二ヵ月もたつと慣れてくる。たまには楽しいひと時もある。休みなどには外出も許される。ときには昂々渓の町にも行くが、なにしろ初年兵のわれわれは、どこを向いても上官や古兵ばかりで、行きも帰りも敬礼ばかり。もし敬礼をしないものなら、ビンタときたものだ。

初年兵時代の筆者

兵隊は初年兵ほど辛いものはない。いくらビンタをやられても、文句一つできない。文句を云おうものなら、さらにビンタがくる。ある兵隊などは、反抗的であるとのことで、上靴（皮でできたスリッパのような中履き）で頬ぺたを何十回も殴られ、頬が紫になっていたのを覚えている。軍隊というところは、そういうところなのだ。

今考えてもぞっとする。

軍隊は非人間的なところもあったと思うが、やはり、いろいろな人間の集まりであり、しかも血気盛んな若者たちである。農村育ちの人間は純情であるが、都会の人間はそうでもない。暴力的な人間もいる。その人間をみんな訓練し、戦場ではわが国のため、皇国のためにと戦わねばならず、ある程度の厳しさは必要だったかも知れない。だがそれにしても、辛かったと思っている。

軍隊で一番好きなのは、やはり飯上げであった。なにしろ、腹が減ってどうにもならないからだ。飯上げに行けば、少しはありつけるかと、いつも期待したものだ。そんなことはできるはずもないが、それでも行きたがる。人も腹が減るといやしくなり、とても常識では考えられないような行動をとるものだ。たまには飯下げ当番をして、炊事で残飯をあさったことさえもあった。それなども、上官に見つかろうものなら、直ちにビンタの二ツや三ツはくらう。でも腹は減る。

風呂も週に何回かある。風呂の行きも帰りも、もちろん敬礼である。ある時、敬礼しないでビンタをもらったこともある。その頃になると、朝鮮の若い青年が徴集されて入ってきた。われわれと一緒に訓練が行なわれたが、異国人の辛さか、あるとき一人の兵隊が、軽機班長に軽機の銃心で頭を殴られ、血を流していたことがあった。そのとき、なんとなく朝鮮人の辛さがわかるような気がした。

私もそのようにして訓練や演習をして兵舎に帰り、夕飯を食べ、消灯して床についたが、どうにも腹が痛い。我慢していたがどうにもならない。さっそく班長に話し、衛生兵殿に来てもらい、背負われて入院したのである。

四――入院生活

入院は四月の末頃だったと思う。兵舎から鈴木衛生兵（鈴木文雄氏。現在埼玉県に健在）に背負われ、途中からはターチョ（満人がロバで引く馬車のようなもの）に乗せられて富拉《フラ》爾基《ルキ》の陸軍病院に入院したのである。大きな立派な陸軍病院であった。鈴木文雄氏とは、いまでも年に一回は興安会（二〇一部隊の集まり）で一緒になり、親交を深めているが、温厚な方であって、私はいつまでも忘れられない恩人だと思っている。

富拉爾基は、昂々渓からそんなに遠くはない大きな町であったようだ。さっそく軍医の診察を受けたが、急性胃潰瘍と診断され、一ヵ月くらい入院したのである。

なにしろ軍隊というところは、人より先に食べなければならない。早食いである。すぐに営庭に出て訓練や演習が始まるので、遅れて行こうものなら、ただちにビンタか営庭を走らされる。だからみんな、われ先にと食べるので、よく腹などを壊す。そのためか、胃潰瘍などになるものもいる。

胃潰瘍となれば、一週間は絶食であるが、二、三日もすると腹が減ってくる。だが、なにも食べることはできない。四日目頃から、カルピスを少しくれたがどうにもならず、隠れて水などを飲んで挙句のはてに見つかり、看護婦から「死んでもかまわないか」と叱られたものだ。

陸軍病院は、看護婦も威張ったもので、たとえ鬼将校でも看護婦の云うことは絶対に聞かなければならない。まして病気ともなれば、なおさらのことである。軍隊は男社会であるためか、看護婦さんなどには親しみを感じ、ときには甘えたいような気持ちにもなるものだ。しかし、看護婦は厳格であり、兵隊などはひどく叱られたものだ。

人間、飲むことも食べることもできないほど辛いことはない。辛い時ほど、内地(日本のことを内地ともいった)のことなどを思い出すのである。あそこの湧き水がうまかったとか、山の水を腹一杯飲みたいとか、なにか食べたことなどいろいろ思い出し、夢にまで見るものだ。私もときどき、家におったときのことなどを思いだし、内地が恋しくなり夢もみた。それもかなわぬ夢とは思いつつも、ときどき見るものなのである。

そのうちに胃の方もだんだん良くなり、元気になってきた。部屋からも出られるようになり、外に出て満人の働く姿なども珍しそうに眺めていた。満人はどこかのんびりしていて、おおらかなようだ。大陸性なのかもしれないと思った。よく町などに行く時は、荷物をテンビンで担《かつ》いで歩くのだが、暑い時などは何時間も木陰で休んでいる。いかにも大陸的で慢々的《マンマンデー》である。日本人のように島国育ちではないからなのだろうか。

満洲も四月にもなれば、野原にも花がいっせいに咲き始め、陽気な季節となる。見渡すかぎり、どこまでも続く荒野なのだ。木などは一本も見えない。耕地のようなものもあまり見えない。どこまでも見果てなく続く荒野に、色とりどりの野花が、われ先にと咲き乱れている。あの大平原は、とても日本では考えられない。

茅《かや》か薄《すすき》のような草もあるが、あまり伸びていない。その荒野に、よく馬などを放しているが、あの光景はどこか、のどかである。部落などが遥か遠くに点々と見えるが、あの満洲の人たちは、どういう生活をしているのかなどと思ってみたものだ。

あるとき、みんなが食事も終わり、十人くらい集まって、なにかやろうということになった。すると、一人の兵隊がコックリさん(箸をもってなにごとか呪文を唱える)がいるから、占ってみないかとなったので、みんなでやったことがある。一人の兵隊が、「私がいつ日本に帰るか、占ってみてくれ」となった。するとそのコックリさんが、箸を十本くらい持って、なにやら呪文を唱えだした。

唱え終わると、少したってから、「貴方は日本には帰らない。シベリヤに行く」とコックリさんが云うので、みんなびっくりした。その当時は、誰も日本が負けて、兵隊が捕虜になりシベリヤに行くなどとは、思ってもみなかったから、そんなことはないと、みんなで気にもせず、その場を別れたのである。

だが、その後、日本は負けた、たしかに捕虜となり、シベリヤに連行された兵隊がいるので、その兵隊もシベリヤへ行ったのかもしれないと今も思っているが、確かめることはできない（このことについては「岩手日報」の「おはなしくらぶ」に、「今でも不思議に思う」と掲載されたのを、巻末に載せたので見ていただきたい）。

なにしろ、満洲の寒さは日本の寒さとは比較にならない。零下三十度になることもたびたびである。寒いというより、痛いといったほうがよいかもしれない。満洲では、日本のように沢水とか湧き水などはないから、水は大変貴重である。全部、井戸であるが、それが日本の井戸と比べ物にならないくらい深いのだ。その井戸が、冬になると井戸水が周りに凍結して、釣瓶《つるべ》がやっと出てくるだけ小さくなる。それだけ寒さが厳しいのだ。

それにもまして、訓練もきびしいので、日本から来た兵隊などは、肺炎に罹《かか》る兵隊が多くなり、富拉爾基《フラルキ》の病院にも、患者が沢山はいってきた。肺炎などに罹ると高熱を出し、みんな、うなされて、国のことや家族の名前などをうわごとのように叫ぶのである。それを看護婦が、なだめたり叱ったりする。看護婦も大変だったと思うが、当の本人にしてみれば、死ぬか生きるかの苦しみであったと思う。

肺炎などの患者には、よく部屋でヤカンなどで湯を沸かし、蒸気を出して治療していたようだ。良くなる兵隊もいれば、息たえて死ぬ兵隊もいる。私は胃潰瘍であるため、それほど苦しいとは思わなかったが、腹が減って耐えられないことは、今でも覚えている。

当時ずいぶんと世話になった看護婦もいたが、名前も顔も覚えていない。よく内地のことなど、懐かしく話したこともあった。その後どうなったのだろうか。「私たちも兵隊さんと同じで、いつ、どこに転属になるか分からない」とよく話していた。

そのうち私もだんだんと良くなり、退院する日も近づいてきた。原隊に帰り、戦友と会えると思うと、嬉しくもなってきたが、一方ではまた厳しい訓練が待っているのだと思うと辛くもなる。なにしろ、病院では訓練もなければ、当番もない。ただ食べているだけで、楽な生活である。しかし、原隊には帰らなければならない。

ある日、軍医に呼ばれ、「きみ、今度、何日に退院だぞ」と言われ、退院する日を待っていた。そうしていよいよ退院の日がきた。軍医に、「原隊に帰ったら訓練に励め」と言われ、「ハイ」と大きな声で答えたのを、今でも覚えている。

いよいよ退院である。病院で看護婦や患者さんに見送られ、富拉爾基の陸軍病院を後にし、昂々渓の原隊に復帰したのである。

五――昂々渓に帰る

昂々渓の兵舎では、班長によくきたと云われ、暖かく迎えてくれた。翌日からまた訓練が始まる。昂々渓の広野も緑一面となり、もう春の真っ盛りである。入院中より訓練などは辛いが、戦友と一緒に駆け回る広野での演習などは、楽しいものであった。

そのころになると、戦況もあやうくなり、関東軍にも朝鮮からの大量の兵隊が徴集されてきたし、在満の開拓民や一般邦人などからも、どんどん我が部隊に入ってくるようになった。私たち同年兵も初年兵教育となり、毎日訓練するようになった。なにしろ、古兵たちはほとんど南方方面に移動していったので、部隊には班長や少しばかりの古兵がいるばかりである。

満洲の地で演習する日本軍

在満の一般邦人などは、年齢も高く、四十歳ぐらいの兵隊もいる。仕事上、地位も高く会社の社長や銀行の重役などさまざまである。その人たちをわれわれが教育するのだから大変であるが、軍隊というところは年齢や地位には関係がない。何日でも早く軍隊に入ったものが古兵である。

古兵の云うことは、何人も命令であるから服従しなければならない。いかに会社の社長でも銀行の重役でも、命令には従わなければならない。当の本人にしてみれば、どれだけ屈辱だったのか。自分の子供みたいな、まだあどけない童顔をした若ぞうに気合いをかけられ、心の奥では悔やしくて泣きたくなるようであったろうと、今でも思っている。

ある年配の兵隊などは、命令に従わずに殴られていた。またなにをしたのか、営倉にいれられた兵隊もいたが、ずいぶん辛かったことだろう。われわれのような若い者（二十歳）であれば、あまり感じないかもしれないが、あのような人たちにはかなり堪《こた》えたことだろうと思っている。

そのような関係かは分からないが、逃亡する者も出てきた。あるとき、一人の兵隊が中隊から逃亡したので、満人の部落を中隊で捜索したことがあったが、出てこなかった。どうしたものか分からないが、ある程度、満語などを覚えていれば、部落に行ってもなんとかなったかもしれない。

朝鮮からきた兵隊などは、日本が負けたとたんに相当逃げたようだ。なにしろ、あの人たちは満洲からも近いし、満語などもある程度は分かっているかも知れない。海を渡ることもないし、逃げて帰ったかもしれない。だが、われわれには、そんなことはありえない。逃げるということは、考えたこともなければ、逃げられるものでもない。

当時よくクーリー（苦力。満人などを日本軍が連れてきて労役として働かす人たち）の人たちが兵舎のまわりなどで働かされているのを見たが、あの人たちは満足な賃金をもらったただろうか。

日本人からみれば、みすぼらしい垢のついた着物を着て、両腕を袖に突っ込んで、布で作った靴を履《は》いて、どことなく嫌なような顔つきで、日本兵に連れてこられたものだ。働くにも日本兵がついていて、監視するので、逃げることや休むこともできない。一日働いて、どれだけもらったのか。

夕方には、営門で歩哨に身体検査をされ、連れられて帰るのだが、満人にしてみれば、どれだけ屈辱をうけたかもしれない。満人とよく話をしたことがある。満人は、金がなければ妻をもらえないと話していた。私が「日本人は金がなくても妻をもらえる」と云うと、「日本人、大人《たいじん》」と云って驚いていた。今はそういうことはないと思う。

そのうちに戦況も怪しくなり、日本もなんとなく不利になってきたようだ。その頃より関東軍でも特攻隊（特別攻撃隊）の訓練が始まった。それは、ソ連軍の戦車を肉弾で攻撃し、破壊するのが目的である。

つまり、日本の兵隊一人で、ソ連の戦車を破壊するのであるから、ソ連軍には相当の損害をあたえるが、当然のことながら日本兵も犠牲となる。そうでなければ、勝つことはできないと、上層部は考えたことだろうと思っている。しかし、命令を忠実に守り、犠牲になった兵隊には、まことに申しわけないと、今でも考えている。ご冥福をお祈りするばかりである。

ところで、その訓練の様子を、少し申し述べてみたいと思う。

満洲の広野に、自分（兵隊）だけ入る穴（蛸壺といった）を掘って、爆薬（ミカン箱ぐらい）を抱いて蛸壺にひそんでいる。ソ連軍の戦車がきたなら、戦車の下に潜り、安全装置を抜いて戦車を爆破する。その訓練が、毎日続くのである。

日本軍としては、敵の戦車を破壊するには、それより方法がなかったかもしれない。武器のようなものはなにもない。大砲のようなものも見たことはない。見たのは、小銃と機関銃ぐらいなものである。

そのような装備ながら、ソ連軍と戦って勝つと本当に考えていたのだろうか。だが、われわれはそのように教育されたのである。後で述べるが、ソ連軍が進行してきたときは、実際に特攻隊を出して戦った。相当の成果をあげたようだが、なにしろ負け戦《いくさ》であり、少しくらいの戦車を破壊したところで、どうにもならない。それでも、ソ連軍には恐れられたようである。

しかし、先にも述べたが、こちら（日本軍）にも相当の犠牲者が出たことだろう。犠牲になられた戦友には、本当に気の毒である。それも国家のため、国家安泰のためとの考えであったろうと思えば、今、われわれがこうしていられるのは、このような戦友がいたからで、そのことを忘れてはならないと、ご冥福を祈らずにはおられない。

昂々渓の兵舎には五月頃までいたが、六月の初め頃になると、本隊のいる満蒙国境に近い徳伯斯《トボス》に移駐することになった。昂々渓の兵舎とも別れ、列車で白城子を通り、徳伯斯に着いたのが、六月の初めでなかったかと思っている。

六――わが中隊、徳伯斯に移駐

満蒙国境にも春が訪れ、満蒙の広野にも、いっせいに野花が先を争うかのように咲き乱れる頃、我が中隊がこの地に移駐してきたのである。ここは大興安嶺の裾野にあり、ホロンバイルもそう遠くはない、砂塵吹きすさぶ丘陵で、荒涼たる原野である。

そこに急ごしらえの三角兵舎があった。半地下兵舎となっていて、三角屋根だ。中は薄暗く、バラック建てで土間である。寝台は、木で棚のように作り、その上にアンペラを敷いただけの兵舎であった。雨など降ろうものなら大変である。中は雨でビショビショとなり、兵舎とは名ばかりで、よくぞそこで寝起きしたものだったと思っている。そのような兵舎が点々と立ちならんでいた。

ここ徳伯斯《トボス》は索倫《ソロン》や五叉溝《ウサコウ》にも近く、満蒙国境にも近い。昭和十四年のノモンハン事件の起こった、かのノモンハンも、そんなに遠くはない。ほとんど人家も見えない一寒村であった。

ここ徳伯斯には、当部落の菊池春義君（私より二年先輩）がおり、軍旗祭などで一緒になったことがあった。たしか伍長になっていたと思う。その後、大石寨の戦闘で戦死されたそうだが、痛ましいことをしたと思っている。ご冥福をお祈りしたいと思います。

徳伯斯は大興安嶺の裾野であるためか、狼がいると聞かされ、時折、狼の遠吠えがしたのを覚えている。あるとき歩哨に立っていた兵隊が、狼に飛びかかられたことがあると古兵から聞かされ、恐いものだと思っていたが、そのうちわれわれも歩哨に立つことになった。

夜の歩哨は辛いものだ。みんなが寝静まり、物ごと一つしない真っ暗やみを、一人で歩哨に立つのは心細い。なにか音がすれば、「誰か」と叫ぶ。三回叫んでも返事がなければ、銃を撃ってもよいことになっているが、気持ちのよいものではない。まして狼がいるとなれば、なおさら恐い。しかし、それが任務となればやらなければならない。

索倫には燃料貯蔵所があり、ドラム罐などが何百本か、山と積んであった。そのため分哨もあり、ときどき派遣されて勤務したことがあるが、五、六人で交替しながら立つのである。

夜中に一人で歩哨に立つと、ドラム罐が、ボコン、ボコンと鳴るので、はじめは驚いたものだ。オーオーと狼の遠吠えもきこえて来るので寂しいような恐いような気持ちになる。たまには満人なども来ることがあるから、「しっかり見張れ」と、古兵にいわれたものだ。

徳伯斯でも、毎日、野原に出て戦闘訓練である。とくに前にも述べた通り、特攻訓練が毎日の日課となってきた。われわれにはわからなかったが、今思えば、ソ連軍の進攻を察知してのことだろうと思っている。

訓練は辛いが、訓練の合間には楽しいこともあった。小休止となれば、班長や古兵たちから戦争のことなどいろいろ話を聞いたものだ。戦争も勝てば面白いものだ。俺は敵兵を何人やったとか、城壁を駆けのぼり、敵の陣地にとびこんで何人やっつけたなどと自慢話がとびだす。

もちろん、古兵たちは何回も戦争を経験したろうから、そうした話がでてきたのだろう。日本軍もいままで負けたことがないから、その通りだったと思う。私たちは戦争の経験がないから、なんとなく面白いような感じで聞いたものだ。

徳伯斯の兵舎近くには、あまり人家や部落は見えない。たまには馬などが放牧されていたが、満人もたまには見かける。畑などもないようだ。興安嶺の山裾なので、人家がないのかな、などと考えていた。山といっても、木など一本もない草野である。満人が野の花などを食べるといってよく摘《つ》んでいたのを見かける。

演習の帰りなどには、隊列を組んで軍歌、関東軍の歌「暁雲の下見よはるか……我精鋭がその威武に……栄光に満つ関東軍」などと歌いながら、駆け足で軍靴の音をザックザックと響かせて兵舎に帰ったものだが、そのころはまだ若かったので、楽しいような気分でもあった。

徳泊斯の兵舎にも二ヵ月くらいいたが、今度は本隊のいる五叉溝に移駐することになった。いよいよ徳伯斯にもお別れである。朝からあわただしく移動の準備にとりかかり、出発したのである。

行軍であるが、何日かかったか覚えていない。一週間くらいはかかったろうか。途中、野営しながらの行軍は辛かった。足には豆が幾つもでき、小休止の後など、とても歩くには大変である。だが、隊から遅れてはならず、遅れるものなら、先輩から「付いて歩け」と怒られる。志願できた若い兵隊などは、辛くて泣いたものだ。行軍途中、雨でも降ろうものなら大変だ。全身ずぶ濡れ。それでもどうすることも出来ない。ただただ歩くだけ。雨がやむと、渇いてくれる。野営であるから、時々、川原などで飯盒炊飯などをしながらの行軍であった。

われわれが行軍していると、道端で満人が大きな数珠《じゅず》のようなもので、玉をはじきながら、なにか数えているようだ。おそらく、日本軍が通るので、人数を数えていたのかもしれないと思った。

道らしきものはない。野越え山越えの行軍である。山といっても、日本のように険しくもなければ、木などもない。たまには小さな灌木があるが、林などではない。丘陵というか、なだらかな丘である。

毎日の行軍ともなれば、歩けない者も出てくる。しかし、歩けないからとて、そこにはいられない。背負いながらも、連れていかなければならない。それが戦友愛というものだろう。五叉溝に着いたのが七月頃だったと思う。

七——五叉溝に移る

五叉溝《ウサコウ》は、徳伯斯《トボス》、索倫《ソロン》よりさらに奥で、満蒙の国境であり、大興安嶺の裾野であった。もちろん、あたりには家や部落などはなく、狼などもいる山奥である。

大隊本部があり、われわれの第一七七連隊（二〇一部隊）連隊長陸軍大佐・米本勝男隊長のいる連隊本部もあって、われわれ第七中隊もここに移動したのである。兵舎は前にも述べたように、急ごしらえの三角兵舎である。徳伯斯の兵舎よりもまだひどく、とても兵舎ともいわれない粗末なものである。まさに掘っ立て小屋である。

雨など降ろうものなら大変で、兵舎の中は水びたしで、とても寝られない。しかし、どうすることもできない。幸いに満洲ではあんまり雨は降らない。内地のように、雨はそんなに多くはないのだ。

興安嶺の裾野といっても、相当に高い山である。そこからは、双眼鏡などでは外蒙もよく見えるようだ。山の稜線に、ソ連軍の戦車が渡ることのできない塹壕《ざんごう》を延々と掘り、敵戦車の進行を阻止しようとの作戦である。ここは地形的にみて、ソ連軍が侵攻してくるであろうとのことだったのだろう。われわれ兵隊などは、そんなことは一切知るよしもない。ただ任務に従ってやるだけである。おそらく、上層部とすれば、ソ連軍の侵攻間近しと見ていたかもしれない。

どれだけの塹壕を掘ったのかよくわからない。当然ながら、部隊には鍛冶屋や炭焼までであったようだ。その後、八月九日、ソ連が大軍で怒濤のように飛行機や戦車で侵攻してきたのである。わが中隊は、索倫まで下がり、戦闘となった。ただ私は転属となり、当時は五叉溝にはいなかったので、戦闘には参加しなかった。

八――洮南の気球隊に転属

五叉溝に来て一週間ぐらいしたある日、班長に用事があると呼ばれ、事務室にいったところ、班長が「菊池、今度、洮南《トウナン》にある気球隊に転属である」といわれた。気球隊など、見たことも聞いたこともない。どんなところか分からないが、転属しなければならない。

翌日、隊長から「独立気球隊に転属を命ずる」と言われて、古兵（誰だったかおぼえていない）に連れられ、列車で洮南にある気球隊に転属したのである。洮南は、白城子《ハクジョウシ》のすぐ南で、大きな町であった。白城子も大きな町で、阿爾山《アルシャン》や五叉溝に行く列車の発着駅で、賑やかな町であった。

満州独立気球隊には、各地より転属になった兵隊が集まってきた。今考えてみると、戦況もあやしくなってきた時期である。

気球隊はソ連軍との開戦には出動しなかったが、もしソ連軍と戦っていたならどうなっていたか、現在の私はなかったかもしれないと今も思っている。

後で聞いたが、その時の戦闘には、わが中隊（富樫隊）も参加し、何日かの激戦の後、大変な犠牲者を出したそうであるが、私は幸か不幸か転属していたので、その戦闘には参加しなかった。しかし、当時とすれば、戦友と別れて転属するのは辛いと思ったものだ。今考えてみて、転属させてくれた中隊長には感謝しているし、また私の恩人だと思っている。

八月はじめ、洮南にある気球隊に入隊したのであるが、中隊長や班長の名前も、今では思いだせず残念である。なにしろ五十三年前のこととて、仕方がないと思っている。

気球隊について、少し申し述べてみたい。

簡単にいえば、気球に爆弾を付けて飛ばし、敵の陣地や敵国に落として攻撃（爆撃）する兵器である。

そうはいっても、簡単に敵の国に飛んでいくわけではない。気象条件を判断し、気流にのせて飛ばすのだから、まず気象観測が一番大事である。そうでなければ、どこに飛ぶのかわからない。もし、わが方にでも飛ばして落としたものなら、大変なことになる。そのため、毎日朝から晩まで、気象観測の教育や訓練である。今日は何気圧あるか、風向きは東南か北西か南々東か、風速は何メートルか、晴れか曇りかと、明けても暮れても気象観測である。私など、気象についてなどの知識はまったくなく、大変苦労したものだ。あの当時としては、アメリカ本土を目標としていたようだ。

洮南の基地から見て、南西か南東か、風向は、風速は何メートルか、気圧がいくらかと、緻密に計算し、飛ばしたであろうと思っている。われわれにはそんな詳しいことはわからない。それでも所詮、風まかせであるから、どこに飛ぶかわからない。目標に正確に落として攻撃するには、相当の気象観測のデーターや緻密な計算が必要であったと思う。

実際に相当の数の気球を飛ばしたようだが、その成果のほどはわからない。それでもよくアメリカに飛んでいったのか、アメリカでは空から爆弾が降ってきて大騒ぎしたという話を聞いたことがある。

実際に何個かは落としたかもしれない。とても何百もの爆弾を、敵国の目標にだけ正確に落とすことはできないことであったろう。先ほども書いた通り、風まかせであるから、気象条件にも難点もあったであろう。

気球は絹でできていたと思っていたが、良質の紙に、コンニャクの糊で塗り固めて作ったようである。今のようにビニールや科学繊維のない時代であるから、それが一番よかったのかもしれない。

気球には時限装置（時計がついている）がついていて、燃え易い（セルロイドのようなものでできていた）。その時限装置つきの気球を、気象データーを計算し、時間をあわせて飛ばすのである。目的地に達して時間がくると、自動的に爆弾を吊るしてある紐が切れて、爆弾だけが降りるようになっている。

気球や時限装置は、自然発火で燃えるのであるから、空からは爆弾だけが落ちてきて、あとはなにも降りてこない。そこで空から爆弾だけが降ってきたと、大騒ぎとなったようだ。当時としては相当の脅威にはなったかもしれない。

今の時代のように、ロケットや弾導ミサイルからみれば、とてもくらべものにはならない。兵器ともいわれないものだが、当時とすれば、人的損失もなく、立派な兵器だったかもしれない。今考えてみれば、漫画みたいなものだといわれるかもしれないが、当時は本気でやったものだ。

現に「満洲独立気球隊」といって、れっきとした軍隊が洮南にあったのである。大きな格納庫があって、爆弾や気球など機材が山と積んであったが、戦後どうなったのか。気球隊はあまり演習などはなく、毎日朝から番まで、気象観測や勉強が多かったように覚えている。

そのころになると(昭和二十年八月)、洮南にも敵機がくるようになり、爆撃も始まってきた。内地の情報も入ってくる。釜石が艦砲射撃を受けたとか、東京が空襲を受けたなどと、良くない情報ばかり入るようになってきた。それでも、われわれには負けるなどとは思ってもみなかった。ましてやソ連軍が侵攻してくることなど、夢にも思っていなかった。

ところが、八月九日、突如としてソ連軍が満洲に侵攻してきたのだ。それからが大変だ。隊員は全員、営庭に整列の命令だ。整列が終わると、中隊長の訓示である。

「今朝払暁、ソ連軍が航空機、戦車などをともなって、大軍で満蒙国境を越えて怒濤の如く侵攻してきた。わが軍も応戦中である。われわれもいよいよ戦闘体制にはいる。諸君も軍の命により、奮起してもらいたい。わが軍もただちに出発し、新京まで南下して、新京でソ連軍の進攻を阻止しなければならない」と。

こうしてわれわれは、住み慣れた兵舎を後にし、出発したのである。

このことについては、『岩手日報』(21世紀への伝言)に、半藤一利さん(歴史研究家)が、「機能回復までに何と3日間(「風船爆弾」部隊の編成)との記事を載せている。ご参考までに、見ていただきたい。


『あんまり鼻を高くできる話ではないが、太平洋戦争中に日本が開発した最新鋭兵器に風船爆弾がある。直径十メートルの気球で、冬季の偏西風のもっとも強い一万メートルの高度を飛ばし、太平洋を約七十二時間で越え、三十五キロ程度の爆弾または焼夷《しょうい》弾をアメリカ本土に投下する設計になっていた。

気球は良質の紙で作られ、コンニャクのりで塗り固めた。これを富号兵器と称し、この兵器による米本土攻撃のための部隊が新編成されたのが、一九四四(昭和十九)年九月二十六日。そしてこの日、十一月三日の明治節の早朝をもって攻撃開始の作戦計画も確定する。

と、勇ましく書いたが、戦果は? となると——約九千三百個が放流され、うち一割が米本土に到着した。ボヤ程度の森林火災二件、それと原爆製造工場の電線に落ち、電流が一時中断し、「機能回復まで何と三日間を要した」とアメリカ側を大いに嘆かせた。これが当時の金で一千万円以上をつぎこんだ作戦の全戦果であった。何たる無駄か』

九――気球隊ともお別れ

兵舎ともいよいよお別れである。中隊も出発の準備で慌《あわ》ただしい。兵器や身の回りの支度をしなければならない。兵器といっても、気球隊には小銃ぐらいで、ほかにはなにもない。よその隊と違って、砲や戦車などあるわけではないから身がるである。それでも、兵舎と別れるのは寂しいような気がする。

全員待機していると、「今晩、ただちに出発する」との命令がくだり、出発したのである。何日だったか忘れたが、八月十一日か十二日ではなかったかと思う。もちろん真夜中の出発である。

いろいろな情報によれば、ソ連軍は満洲に越境し、航空機や戦車をともなって、五叉《ウサ》溝《コウ》や索倫《ソロン》方面では、わが軍と戦闘に突入し、熾烈な戦いとなっているという。ソ連軍は戦車で南下しつつあり、わが軍は苦戦している模様だとの情報も入ってくる。

われわれも出発に先立ち、兵舎には寝台の藁など燃えるものを散らして火を放った。兵舎はみるみる火柱が上がり、真っ赤な炎につつまれ、暗闇の中空をも焦がす勢いで燃え盛るのである。戦《いくさ》も勝ち戦はいいが負け戦は辛い。なんとも情けない。

わが部隊も、後を振り返り、兵舎の焼けるのを見ながらの行軍である。なんとも寂しいような悲しいような気持ちだ。脱力感のようなものを感じたのを覚えている。戦争も不利となれば、兵舎や書類も全部焼き払い、なにも残さないのである。わが軍は、今まで戦争に負けたこともない。われわれにとって経験したことのない敗戦が待っているとは、思ってもいなかったのである。

真夜中の行軍であるから、大きな声など一切だせない。光るものなども禁止である。ただ黙々と歩くだけである。疲れてくると眠くなり、行軍しながら眠っている者もいる。いくら疲れても、眠くても、隊から離れることはできない。時折、小休止があればわれ先にと横になり、仮眠するのだ。

時々、空が明るくなり、白城子《ハクジョウシ》か洮南《トウナン》が爆撃を受けているようだ。われわれの中隊も、いつ爆撃されるかわからない。そのため隠密行軍である。何日ぐらい行軍したかさだかでないが、四、五日は歩いたろうか。

真夜中になれば、八月とはいえだいぶ冷えてくる。たまには雨もふるが、ただ黙々と、目的地まで歩かなければならない。いつ着くのやら、あてもない。われわれ兵隊は、命ずるがままにしたがわなければならない。

そのうち、どこだったか覚えていないが、われわれが行軍しているところに、ソ連軍の将校が二、三名来て、日本軍の上層部となにやら話をしている。一般の兵隊にはなにも分からないが、ソ連軍の指揮下にはいったようである。

どのくらいの時間がたったか、今度はソ連軍の将校が、わが隊の先頭に立ち指揮するようである。これはいよいよソ連軍の指揮下に入ったのかと、直感したのである。それからはソ連軍の指示で、大きな広い場所に着いた。たしか学校の校庭ではなかったかと思う。そこで武装解除がはじまったのである。ソ連軍の将校がきて、われわれ日本軍にたいし、銃や帯剣などすべて置くようにとの命令である。

わが関東軍も、戦わずして武装解除である。情けないやら、敗戦国日本軍の終焉である。武装解除して放棄した銃や兵器は山と積まれ、火をつけて燃やしたようだが、一部は満人の暴徒などに渡ったようであった。

それからは日本軍も丸裸にされ、武器らしきものもはなにもなく、ソ連軍に連行されたのである。ソ連軍に連行されるその姿は、見るのも忍びない。なんたる姿か、今思いだしても惨めで情けないことだったと思っている。

ソ連軍より武装解除される日本軍

「生きて虜囚の辱《はずか》しめを受けず」と戦陣訓にあるように、日本の軍隊では、捕らわれの身となり恥をうけるより、潔く戦死するのが名誉と教育されたものだから、捕らえられるくらい悲惨で惨めなことはない。しかし、敗戦国日本であってはいたしかたない。どうすることもできない。

ソ連軍に連行される途中、日本人街も通るのだが、在留日本人たちも、どんな気持ちで見ていただろうか。あの時の惨めな姿は、とても文章では表現できない。なんたる姿か、まさかソ連などに負けるとは誰も思わなかったであろう。

日本人の子供などは、敗戦など知るはずもなく、ただおびえているようである。われわれ兵隊がソ連軍に連行されて通ると、子供たちは、「日本の兵隊さんがいるから大丈夫だ」と言うのである。

その子供の言葉を聞いたとき、われわれ敗残兵は、悔やしく情けなくなり、泣きながら連行されたのであった。子供にしてみれば、それほどまでに兵隊さんを頼みとし、力にしていたのである。それがこのような無残な姿になったのだ。

どんなことがあっても、略奪や強盗などにあってもどうすることもできない。在留邦人はもとより、満洲国の治安を守り、統治するのが、わが関東軍の任務なはずである。その軍隊が、日本人も、ましてや在留邦人さえも守ることができない。子供にしてみれば、そんなこと(敗戦)など分かるはずがない。兵隊だけを頼みにしているのである。あの時くらい悔やしく情けなく思ったことはない。いまでもあの時のことは、脳裏にはっきり焼きついて覚えている。

そのうち新京にも近づいてきただろうか。ソ連軍の将校などが多く見られるようになり、われわれの幹部や上層部に、なにやら話しかけているようだ。われわれにはなにも分からない。われわれのように捕虜になった連中も、どんどん集まってきた。新京には、もう相当数のソ連軍が進駐してきていて、日本人の捕虜が来るのを待っていたかのようであった。

わが中隊も新京まで後退して、新京で第一線を張り、ソ連軍を阻止するとの作戦も失敗に終わった。それどころか敗戦国となり、関東軍も捕虜として拘束されたのである。

十——日本軍、捕虜となる

南新京に、日本人捕虜を収容する捕虜収容所があったが、バラ線で何重にも囲み、犬も潜ることができない。もちろん、人(捕虜)など潜ることも越えることもできない。隅にはソ連軍の監視兵が常時(二十四時間)監視しており、逃げることなどできない。もし逃げようとしようものなら、見つかって銃殺されるのである。その中で監視されながら毎日を過ごすのであるが、いつどうなるかも分からない。

最初は不安であったが、そのうち慣れてきて、ソ連の兵隊(ロスケと言ったものだ)とも話したり(話はわからないが、態度や手まねなどで)、なんとか分かるようになってきた。前にも話したが、ソ連の兵隊は日本人の物をなんでも欲しがる。とくに時計や万年筆などだが、はては靴下、手袋などなんでも欲しがる。われわれ日本人は裸同然で、なにもない。それでも捜して取り上げる。

食事などは、まずまずなんとか飢えを凌《しの》ぐだけは与えてくれたので、食べることには心配ないが、なにしろ栄養などとはほど遠く、栄養失調になる者も出てくる。私などは栄養失調になり、歩くのもやっとの状態であった。

そうしているうちに、捕虜も使役(ソ連軍が捕虜を使って仕事をさせる)に使うようになってきた。満洲にある施設や工場など、手当たりしだいに解体しては本国(ソ連)に持っていくのである。よく満人が言っていた。「ロ助はずるい。満洲からなんでも持って行った」と。そのとおりであったろうと思っている。満洲一の豊満ダムの発電設備も、解体して持っていったと話していたが、どうだったのか。

捕虜収容所は、もちろんソ連軍の管理下である。満洲に進駐してきたソ連軍は、服装はみすぼらしい。あの厳しい寒さの中、靴下などなく、毛布などの布切れを足にぐるぐると巻き、靴を履《は》いていた。時計なども将校クラスだけで、兵にはあまりなかったようだ。軍靴などはとくに欲しがるが、ソ連人は足が大きいせいか、日本人の靴は入らない。それでも彼らは、履きたがる。なにを見ても珍しく、手当たり次第にそれもくれ、これもくれといったものだ。

ある兵隊などは、電球にタバコを付けて火がつくかと思っているようだった。ずいぶんと程度が低いのだなーと思ったものだ。

それでいて装備は、日本軍よりはるかに良かったような気がする。銃などは日本軍の三八式歩兵銃よりはるかに良く、三十発が自動で撃てる。銃心が短く、弾装が丸い自動短銃である。よくマンドリン銃などといったものだ。

日本軍の三八式では、五発装塡《そうてん》しているが、一発ずつ撃つのだから、自動で三十発撃たれてはかなわない。日本軍には、自動小銃などというものはなかったようだ。

収容所におると、今後、どうなるのかなどと話したり、早く日本に帰りたいなどと、みんな云ったりして暮らしているが、たまには収容所から逃げようとするものもいる。バラ線を潜り、あるいはバラ線に畳などを立て掛けて逃げたものもいると話していたが、ソ連の監視兵に見つかろうものなら、ただちに銃殺されるのである。私などは、逃げようなどとは考えたことはない。

よくシベリヤに貨車で送られる（収容所からソ連に連行されるときは日本人を貨車で送った）途中、貨車から飛び降りて逃げたとの話を聞いたことがあるが、どうだったのか。実際に逃げてきたと云っていたものもいたが、その真意のほどはわからない。

収容所の中での心境は、とても文章ではいいあらわせない。とにかく生か死か、わからない。たまには銃殺されるのではないか、ソ連に連れてゆき、後は帰さないのではないかなどと仲間うちで話したりしたものだ。不安な気持ちがもたげてくるが、どうすることもできない。

あの苦しみは、捕虜になった者でなければわからないだろう。地獄の一歩手前のようなものなのだ。しかし、何日かしているうちに、収容所にも慣れてきた。気持ちも落着いてきたせいで、だいぶよくなってきた。

ソ連軍の監視兵も、日本人から物などを貰《もら》ったりしているうちに、次第に慣れてきて、いくらかよくなってきた。日本人は、ソ連兵を〝ロ助〟と言ったものだ。また、ロシヤ人は日本人を〝ヤボンスキー〟といった。

ロシヤ人はよく日本人に、ダモイ（帰国）、国に帰すからといって、日本人をなだめていたようだ。日本人の暴動などを恐れていたようであった。実際にたまには暴動などもあったようだ。

何をやっても、所詮は負けた国の兵隊である。どうされようといたしかたないのだ。

しかし、何としても生き延びる以外に方法がないのである。生きていれば、いつかは帰れるかもしれない。いや、どうしても帰りたい。日本に帰るまでは、死んではならないと思ったものだ。

しかし、それでもあまり栄養がよくなく、ただ生かしておくだけの食事であるから、日増しに倒れてゆく者も多くなってきた。ソ連から見れば、日本人の捕虜など、どうなってもよかったのかもしれない。

何ヵ月かたったある日、全員が集められ、ソ連の軍医（女の軍医）による身体検査（健康診断）があり、「丈夫な者はこちらに集まれ。体の弱い者はこちら」と分けられたのである。私は栄養失調がひどく、よぼよぼであったため、十人ほどの弱い方にいれられ、残されたのであった。今にして思えば、それで助かったかもしれないと思っている。

しかし、当時は「丈夫な者は日本に帰す。これから東京に行くのだ」といって、実際はシベリヤに連れていったのである。

ある兵隊は、「先に日本に帰っているから、後で帰ってきてくれ」と言っていたが、日本でなく、シベリアに連れていかれたのである。彼らはどう思ったことだろう。残されたわれわれは、いつ帰れるのかと悔やしがったものだ。ソ連軍は日本に帰すといっては日本人をだまし、ソ連に連行したのである。

そのうち捕虜も、ほとんどシベリヤに連行したので、弱兵ばかりとなった。何月ごろかはっきりしないが、捕虜収容所も閉鎖となり、残ったわれわれのようなものは解放されることになったのである。

十一——浮浪生活はじまる

それからが大変だ。捕虜収容所にいるうちは、食べ物など人間の最低生活に必要なものはなんとかなったのであるが、これからはそれはできない。誰も頼るものもなければ、食べるすべがない。裸同様で、十月も過ぎようとしているのに、夏シャツ一枚、夏ズボンを履《は》いただけである。

まず日本人街に行って、日本人と話してみた。やはり、みんな大変だと大騒ぎである。それでもなんとか私たちを入れてくれ、少しばかりの食事を与えてくれたので助かったが、この人たちもどうすることもできないのだ。ほとんどは民間人で、若い男はみんな兵隊にとられ、女や子供、年寄りだけが残っている。

家は満人の暴徒に襲われて壊され、戸板や敷き板などはみんな剥がされている。自分たちの燃料にしたのであろう。満人には罵声を浴びせられ、「日本人は負けたんだぞ。おまえたちは、われわれをさんざん苦しめたろう。叩き殺すぞ」と、棒などで襲いかかるものまであって、とても物騒で出て歩くことはできない。現にそのようにして殴られた者もいる。

ロ助はロ助で、やりたい放題である。一番困ったのは、若い娘のいる家庭で、ロ助の兵隊が銃をもって戸びらを壊し、土足で上がり、銃を突きつけ、「娘を出さなければ、銃を撃つぞ」という。どうすることもできない。おろおろして泣きだすが、それでもやめない。

そのようなことがあってからは、若い娘はみんな髪を刈って丸坊主となり、顔には鍋などの煤《すす》を塗り、男の服装をしていたものだ。ロ助が来ると床下に潜り、身をひそめて隠れたりした。ロ助は若い女を見れば連れていって、強姦をするとの噂があったが、本当かどうか。

後で聞いた話では、ソ連軍も満洲に入ってきた者たちは囚人などが多く、程度の低い軍隊だったようである。その後はソ連軍も厳しくなり、そのような行為をしたものは銃殺にしたり、厳しく罰したそうである。だが、終戦のどさくさの当時は、とても統制もなく、荒れていたようである。

われわれは男いっぴきであるからどうにでもなるが、家族を抱えた人たちは本当に苦労した。いや、苦労などといったなまやさしいものではない。地獄は見たことはないが、地獄の苦しみであったろう。

今でもその時の人たちと話すことがあるが、「まったくその通りで、話すのも思い出すのも嫌だ」といっている。その場を見たものでなければ、いくら話しても、文字に書いても、とうてい想像もできないだろう。しかし、真意が伝わらなくても、たとえ分かってもらえなくても、いつかはありのまま書いて見たいと思っていた。

話は前後するが、日本軍が負けて、まだソ連軍が進駐してまもない時期には、満人の暴徒が日本軍の食料倉庫など略奪し、手あたりしだい襲ったものだ。馬車などでやってきて、米や砂糖、罐詰など、はては軍服、毛布等々、なんでも手当たり次第に略奪していったものだ。

まだ日本の兵隊が監視はしていたが、とても手のつけようがない。日本が負けたと言って、暴れるのであるから、どうしようもないのである。

日本軍も負けたとはいっても、まだまだ物資は沢山あったようだ。新京の貨物所などには、軍服も倉庫一杯に山と積んであり、米や砂糖、塩などもまだまだ沢山あった。満人にしてみれば、これ幸いと略奪したのであろう。

その後、ソ連軍が管理するようになってからは、満人もやらなくなったようである。前にも述べたように、敗戦直後は誰も取り締まるものもなければ、捕まえるものもない騒乱状態であるから、どうしようもなかったのだ。

とにかく、無政府状態というのは、ああいうものなのであろう。どこで誰が殺されようと、なにを略奪されようが、誰もかまうものはいない。さきほどもいったように、叩き殺されようが、撲殺されようが、警察もなければ軍隊もないのだ。取り締まるものはなにもない。ただ殺され損である。そのようにして亡くなった方もあるだろうが、ただただご冥福をお祈りするばかりである。

当時は口助ばかりではなく、満人も暴徒と化し、日本人街を略奪や強盗など好き放題で荒れまくったが、日本人などは手も足もだせない。文句を言おうものなら、集団できて、さらに暴れるのだ。手のつけようがない。

そのうちに日本人狩りがはじまった。ソ連軍も何の誰がいないかと、毎晩のようにきた。主に憲兵とか警察官などを連行したようだ。だから、彼らも絶対に氏名や職業などはいわないが、それでもよく調べてきては、「この者を出せ」と言ったものだ。

しかしその反面、満人でも日本人にも好意をもって、食べ物などを隠して持ってきてくれるものもある。また、日本人をかくまってくれるものもいる。どこでもどこの国民でも、良い人もいれば、良くない人もいるものだ。とくにも満人は、満鉄の人たちに、大変好意をもっていたようだ。そのためわれわれも「満鉄にいた」と言って、満人部落にいき、食事を食べさせてもらったこともある。なかには、日本人も可哀そうだというひともいた。

日本人街も、次第に落ち着いてきたが、食べ物もだんだんとなくなり、いつまでも居候をして負担を強いることはできない。食べ物とて買わなければならないし、金もなけなしの金だ。いつまでもここにいても迷惑をかけるので、日本人街を出た。二、三人ずつ組んで街に出て、何でもして働くからと言って歩いた。ある製油工場で、「家で働いてみないか」となった。これは大助かりと、三人で住み込んだ。

製油工場といっても、機械などではなく、人とロバでの仕事だ。大きな平らな石の上に大豆を並べ、その上を石で作った丸太をロバで転がして大豆を潰すのである。潰した大豆を釜で蒸し、油を絞るのである。その手伝いで、主にロバの飼育であったが、とても良くしてくれてよかった。だが、ここにもいつまでもいられない。当分の間とのことでお世話になったから、ここも出なければならない。何日いたかさだかでないが、十日か半月ぐらいいただろうか。

そうこうしているうちに、満洲でも蔣介石軍（国民党軍）と毛沢東軍（八路軍）が入り乱れ、満洲奪い合いの戦争が始まったのである。われわれ難民は、ただ見ているだけであったが、そのうちどちらからともなく日本軍（旧日本軍）に、「われわれの軍隊に入って助けてもらえないか」と誘いがあった。

だが、われわれは「嫌だ」と断わった。もう戦争はこりごりだといっていかなかったのだが、入った連中もあったようだ。もし入ってやれば、階級は将校にしてやるとか、いろいろと待遇を良くしてやるとかと言われたが、それでも入らなかった。

そのうちに両軍の戦闘が激しくなり、なんとなく巻き込まれるようになってきた。われわれが居場所としていた飛行場の格納庫にも、戦闘が及んできた。

あるとき、八路軍が国民軍を掃討する作戦のため、真夜中に飛行場を襲ったことがある。その時、われわれが潜んでいた格納庫にも、手榴弾を打ち込んできた。これは一大事、このままでは、みんな爆薬で死んでしまう。二十人くらいいたが、誰も出て行くものがない。

出て行ったところで殺されるし、そのままいても爆薬を投げ込まれる。意を決して、みんなで手を上げ、降参したと言って出て行き、難を逃れたことがある。もう何分かで命がなかったと、みんなで顔を見合わせたことがあった。戦争というのは、いつ、どこで命をおとすかわからない。

そのうちに内戦もおさまり(一週間くらい続いただろうか)、結局、国民軍が負けて八路軍が勝利したのである。今も中国では、毛沢東が〝建国の父〟として尊敬されている。

そうこうしているうち、われわれも八路軍に、一緒に行かないかと連行されたのである。今後どうなるのか、どこかに連れて行かれ、殺されるのではないかなどと、みんなで心配しながら連行されたのである。何日くらい歩いたのか、四、五日ではなかったかと思っている。

ハルピンの下に松花江があるが、その辺りに来たとき、このまま連れていかれて殺されるのではないかと危険を感じ、私と相馬(名前はわからない。私より年下で若く、開拓団ではないか)と二人で一緒に逃げたのである。ところが、後から銃をもった二人が追ってきたので、松花江の川辺のサンジャズという部落まで逃げた。だが、とても逃げきれない。どうすることもできない。観念して、「助けてくれ」と二人で手を合わせて懇願したのである。

後できいた話では、連行したのは匪賊《ひぞく》だったようだ。二人は銃をわれわれに向け、「死《スー》了《ラ》、死了」（死ねとか殺すとかいった意味）と言ってやめない。ここで殺されるのかと思ったが、二人でなんとか助けてくれと、手を合わせて頼んだのである。そして、相馬が少しあったお金を出し、彼らに手渡して懇願したので、二人は「早く逃げろ」といって立ち去ったのであった。

あの時は私も相馬も、生きた心地はなかった。ここで終わりかと思った。もしあのサンジャズで殺されていたら、誰にも見つからず松花江の辺りで骨となり、捨てられていたかと思うと、今でも悪夢のように身ぶるいがしてくる。よくぞ助かったものだと思っている。

「早く逃げろ」と言われても、もうとっくに太陽は西の空に暮れ、あたりは薄暗く、どこへ行くこともできない。ましてや他国の大陸（満洲）の真っ只中であり、二十歳前後の若者二人ではどうすることもできない。どこへ行く当てもない。もし、ここから出ていったところで、どこでまた捕まるかもしれない。今度捕まれば、もう命はない。金もなければ、目ぼしいものもない。

ただここサンジャズにいるよりしかたのないわれわれは、意を決して野宿することにした。川の辺りは葦が茂り、人の背丈以上もある。蚋《ぶよ》や蚊、虻《あぶ》などが、払っても払っても刺してくる。地面は川のほとりのためか、じめじめしていて、体が湿ってくる。満洲も十月になると寒くもなってくるし、夏シャツ一枚では寒い。二人は体を寄せ合ったが、眠ることはできない。

川には水鳥などがザンブ、ザンブと飛んでは落ちる。とても寂しく怖いが、なんともならない。空を眺めたり、北斗七星を見て、日本はあっちの方なのかなどと相馬と一晩じゅう話していたが、生きた心地はしない。無性に国、日本が恋しくなる。今ごろ家ではどうしているだろうか。家族や友だちのことが頭に浮かんできて悲しくなる。

誰もわれわれがここ松花江のほとりの草むらにいるとは、思ってもいないだろう。なぜ、どうしてこの満洲の果てまで来たのかと思うと、泣きたくもなる。泣いたとてどうにもなるものでもないが、無性に悲しい。

それでも、いつかは国(日本)にどうしても帰りたい。ここで死んでは犬死である。誰にも見られず、犬か狼に食われて果ててはならない。どんなことがあっても、どんなに辛くても、なんとか帰りたいの一念である。

遠くには部落でもあるのだろうか、犬の吠えるのが聞こえる。へたに出ていけば、犬に吠えられ、追われる。真っ暗な夜、ただ星だけを眺めている。しかし、部落に出ていっても、どうされるかわからない。怖《こわ》くて出て行く勇気もない。

二人で一晩中おろおろしていたら、少しずつ明るくなってきた。夜が明けてきたのである。いつまでここにいてもだめだ。どこかへ行こうと話したが、昨日の出来事(銃で殺すと言われた)が頭に浮かんできて怖い。だが、出なければならない。

覚悟をきめて、部落にでも行こうと歩き始めた。部落に行っても、なにをされるか。殴られるか追い払われるか、それはわからない。日本人二人で、着の身着のまま、手ぶらである。満人から見れば、「リーペンショウハイ」(日本の子供)である。とても大人とは見えない。だからよけいに怖い。

なにより腹が減って、どうにもならない。それでも部落が見えてきたので、寄ることにした。ある一軒家に寄り、「何か食わせてくれ。腹が減って歩けない」と話すと、一人の老人が「これを食って行け」といって、トウモロコシの湯づけを食べさせてくれた。

この時ほど有り難いと思ったことはない。前にも述べたが、満人でもとても良い人もいるものだ。

お礼をいって別れたが、あの恩人は今ごろどうなったのだろうか。他国のこと、ましてや一遍の通りすがりの者では知るよしもない。ただ命の恩人だと、今でも感謝の気持ちを持ち続けている。

十二──八路軍と共に

その後なんの関係か、八路軍と一緒になって、ハルピンの手前に双城保《ソウジョウホ》という街があるが、そこに何ヵ月かおったことがある。そこは八路軍の駐屯地であったかもしれない。日課はまず働くことで、雨などが降れば勉強である。主として共産主義の勉強であった。われわれにも、毎日のように共産主義教育である。「日本に帰ったら、共産主義をやりなさい」と。いわゆる洗脳教育である。

毎日聞いていると、何となくその気になるもので、本当に共産化して帰ってきた人もいるようだ。私は能もないし、あまり関心もなかったが、洗脳されなければ日本へ帰さないと言われるので、「とても共産主義はいい」といって誉《ほ》めたものだ。「日本に帰ったなら、かならず共産主義をやるから」というと、喜んで「今度帰す」といっていた。

軍務は厳しく、略奪や強姦などしようものなら、ただちに処刑されるか、罰せられたようだ。そのためか、われわれへの待遇はよかった。日本のこともよく勉強していて、われわれに話していた。満洲では戦後、よく人民裁判というものがあった。これは八路軍の政策であったろうと思っているが、われわれもよく見にいったものだ。

ある朝、どこからともなく、今日はどこで人民裁判があるとの振れがあるすると、みんな方々から集まってくる。私たちが見たのは、学校の校庭であった。何百人かの人が人垣を作り、集まっていた。その前に目隠しされている罪人が五、六人いて、後ろには銃をかまえた人（警察か軍人）がおり、罪人の前には穴が掘られてある。

壇上には裁判官か役人であろうか、立っていて、罪人の罪状を読みあげるのだ。たしかこの時は麻薬の常習者であったようだ。裁判官が罪状を読み終わると、「この罪人をどうするか」と民衆に問いかける。民衆が「死刑だ」と叫ぶと、ただちに銃でその場で死刑となる。見ていると気の毒にも思えるが、そうしないと犯罪がなくならないとのことだそうだ。今はそのような人民裁判はやらないであろうが、いずれにしろ、八路軍は軍務とか犯罪には厳しかったようだ。

よく八路軍にも、日本の軍人が入っていたと聞いたことがある。八路軍の将校になっているとのことであったが、そのようにしていた人もあったかもしれない。

八路軍も、いつまでもわれわれを置いてはおかなかった。「今度は君たち、日本に帰ってもいいよ」と、ある晩言われ、みんな飛び上がるほどよろこんだ。八路軍の言うには、「新京に行けば、日本人が世話して日本に帰れるから帰りなさい」とのことだ。いよいよ明日は帰れるのかと思うと、夜も眠れない。しかし、これからどんな苦労があるかもわからない。ただ日本に帰りたい一念でのよろこびである。

いよいよ朝がきて、八路もわれわれを元気で過ごせと送ってくれた。

八路軍について少し書いてみたいと思う。もちろん八路軍について語る資格などないが、何ヵ月か一緒にいたことがあるので、感じたことを書いてみたい。

八路軍は共産主義思想の軍隊である。れっきとした軍隊であるが、普段は一般の農民として女や子供たちと一緒に畑などで働いている。だが万一、事が起こる（戦争など）と、ただちに銃を取り、駆けつけるのである。

よく日本軍が、八路軍を追って掃討作戦に出動しても、掃討できなかったと言ったものだが、まったくその通りである。すなわち〝ゲリラ〟なのである。日本軍が行っても、なにくわぬ顔をして、畑などで働いているのだから、農民としか見えない。日本軍が捕まえても、軍人ではない、農民だと云う。それでいて、仲間とか部落などへの連絡は速い。すぐに銃を取って駆けつけてくるのだ。

銃などは、人目のつかないところに隠してある。しかし、軍律は厳格で、間違ったことはやらない。よく統制がとれていた。われわれ捕虜に対しても、絶対悪いようにはしない。待遇もよかった。住民にも悪いことはしない。むしろ農民などを手助けしたり、援助していたくらいだから、八路軍は住民に好かれていた。そのため最後は勝利したのだと思う。

よく日本軍は、八路軍は匪賊《ひぞく》などと言ったものだが、匪賊などではなかったようだ。ただ日本軍もなかなか掃討できなかったので、匪賊のようだといったのだと思っている。

十三——新京をめざして

朝から晴れて、今日は天気がよい。十月（昭和二十一年）初めの気候には珍しく、良く晴れた日であった。いよいよ双城街を出発した。

新京に行くことだけは分かるが、どこをどうして行くのか、皆目分からない。そのうちハルピンの方から来た人もあり、総勢十人くらいになった。北海道に帰るとのことで、確か高津喜久子さんと言って、お爺さんと若い娘二人をつれていた。ほかに二、三人いたと思うがさだかでない。とにかく一緒になって、新京めざして行くことになった。

道など分かるはずがない。鉄道をいけば、かならず新京に着くはずだということになり、それで鉄道を新京へ新京へと歩いた。だが、ハルピンから新京までは何百キロか、とても一日、二日ではどうにもならない。おそらく十日以上もかかるであろう。しかし、そんなことを言っている場合でない。とにかく歩かなければならない。無我夢中で歩くのだが、とても果てがない。かといって、歩かなければ、日本には帰れない。どうしても、どんなことしても、帰らなければならない。

日中はよいが、夜がまた大変だ。その辺りの軒下や橋の下など、どこでも野宿する。それでも雨が降らなければよいが、雨の降る日は大変だ。なにしろ雨具などなにもない。しかし、歩かなければ行けない。何日歩いたろうか。四、五日であったのだろうか、松花江に辿り着いた。松花江は川幅があり、北上川の何倍かあって、どうすることも出来ない。

鉄道の鉄橋はあるが、とても長くて渡れそうにない。幸い汽車は走らないから、そればかりは心配がない。若い連中は裸で松花江に入り、泳ぎだしたが、泳ぎきれず、途中で溺れて流されたと話していた。今でも気の毒なことをしたと思っている。無事で泳いでいたら、今ごろ、日本に帰っていたことだろうにと思うと、自分のことと重ね合わせてよくぞ生き延びたものだと思っている。

われわれはさきほども話した通り、高津さんたちと一緒だったが、高津さんはお金はかなり持っており、渡し舟に金を払って松花江を渡してもらった。そのため無事に渡れたのである。松花江を渡ると、汽車も走っていた。そこで汽車にのせられ、新京についたのである。

新京にはもう沢山の日本人がおり、日本人会もできていて、いろいろ世話もしてくれた。また日本に引き揚げる引揚船の世話もしてくれていた。食べ物にもまずまずありつけたので安心した。

どうしても日本に帰りたいと思っていたら、何日だったか覚えていないが、日本人会の人より、「今度、引揚船が出るから、何日に出発してください」と言われたときは嬉しくてどうにもならなかった。食うものも食わずに、生死の境をさまよってきたので、とうとう日本に、いや家に帰れると思うと、跳び上がるほど嬉しい。

そうして昭和二十一年の秋頃だったと思うが、引揚船が出るコロ島に出発したのである。新京駅で汽車に乗り、一路、汽車は南下し、奉天も過ぎ、山海関を経てコロ島に着いたのである。コロ島からはアメリカの病院船に乗せられ、日本へ向かって出港したのである。

いかにも病院船で、船の中は一般邦人や開拓民で溢れていた。病兵で担架で運ばれて乗船するものもある。日本に帰りたい一念であろうか。もう二、三日で日本に着くというのに、日本の土を踏まず大海原で亡くなった人もいる。どれだけ無念だったことであろう。

栄養失調からくる結核などが多く、みんな顔色も悪い。私なども栄養失調で歩くこともままならないが、それでもどうしても日本に、いや家に帰りたいとの一念でここまで来たのだ。船上で亡くなると、布団などに包み、水葬として海に入れるのであるが、可哀そうというか気の毒であった。

日本に近づくにつれ、だんだん島が見えて来た。その時は本当に日本に帰れると思って、みんな甲板に出て喜んだのである。あの時の嬉しさは、今でも脳裏に焼きついている。そうして昭和二十一年の十月頃、博多港に上陸して復員したのであった。

十四――戦争にも奇跡あり

以下のことはどうしても奇跡としか思えないので、書き残しておきたいと思い、ご本人の承諾を得て書くことにした。

昭和二十年八月九日であったと思うが、ソ連軍が参戦を開始し、満蒙国境を越えて飛行機や戦車をともなった大軍が、怒濤の如く我が陣地になだれこんできた。わが関東軍も不意をつかれ、慌ただしく戦闘準備に入った。だが、わが軍には戦車や大砲などはない。小銃や軽機関銃ぐらいでは、とうてい太刀うちはできない。そこで考えたのが特攻隊であった。

前にも述べた通り、このことを察してか、日増しに特攻の訓練が多くなった。蛸壺を掘り、特攻爆雷（急造爆雷とも言った）を抱え、わが身を隠して、敵の戦車が来るのを待っている。敵（ソ連軍）の戦車が来たなら、戦車の下に潜り、爆雷の安全装置を引き、敵戦車もろとも、わが特攻隊員も木端微塵と吹き飛ばされるのである。

兵隊一人で、敵戦車一台を破壊するのだから、かなりの戦果はあったろうが、まことに強引で、無残なやり方である。しかし、機械化部隊との戦いであれば、このような戦法しかないのかもしれない。

犠牲になられた方には大変お気の毒である。いや気の毒などというなまやさしいものではない。どのように表現したらよいのか、この世の出来事とは思えない。地獄の出来事かもしれない。特攻隊員として命令を受けた方は、どんな思いだったろうか。もうここで最後かと思った時、いかに国家のため、軍の命令とはいえ、哀れでならない。また、それが軍人というものの使命なのかもしれない。

それが現実に行なわれたのである。わが中隊、富樫隊の津志田善右衛門君は、隊長の命を受け、実際に爆雷を抱えて敵の戦車に飛び込んだのであるが、幸か不幸か爆雷が不発となり、敵の戦車の下から這い上がり助かったのである。敵の戦車兵も驚いて、拳銃で盛んに撃ってきたが、弾も命中せずに生きて帰ってきた。

大興安嶺を越えるソ連軍戦車隊

常識ならば、爆薬が不発でも、戦車の下に潜ったのだから、戦車のキャタピラにでも引かれて轢死《れきし》するのであるが、キャタピラにも引かれず、助かったのである。神の力か、津志田君の運命なのか。それにしても、奇跡と言ってしまえば簡単だが、有り得ないことが起こるものである。まことに天晴《あっぱれ》といいたい。

三人一緒に入ったが、後の二人は、戦車もろとも木端微塵に吹き飛ばされ、名誉の戦死を遂げたのだ。なんともお気の毒なことをした。ご冥福をお祈りするばかりである。家族の方が聞いたなら、どれほど悲しまれたことだろう。戦争というものは、そういうものである。名誉の戦死ではあるが、命令一つで死ななければならないとは、まことにお気の毒である。

津志田君も、不発とはいえ任務をはたせなかったので、責任上、隊長に再度志願して、「戦車に飛び込む」と言ったが、その後、敵戦車も現われず、ふたたび飛び込むことはなかったそうだ。

津志田君は、体格もよく、真面目で立派な人である。ご本人が書いたのを、この後に参考までに載せているので見ていただきたい。私はこの戦闘には出なかったので、実際に見たのではない。津志田君から聞いたものを、承諾を得てそのまま書いた次第である。奇跡というものは、万に一つが実際にあるものだと感じたので特筆しておきたい。

なお、津志田君は志願兵で、岩手郡玉山村に現在も健在でおり、興安会(二〇一部隊の集まり)にはいつも一緒になる。

津志田君の書からの抜粋

――私はその時、敵戦車を破壊するための「特攻隊」を命ぜられました。富樫中隊長(山形県出身)は、「津志田、お前の命をこの中隊長にくれ」と頼まれ、私の軍帽を取って頭を撫でてくれたことを今も忘れません。

いよいよ出発の際、「頑張れよ」と声を掛けられ、誰かに（思い出せない）連れられ、大隊本部に行きました。本部に特攻隊員が四、五名おり、いずれも現役の若い初年兵たちが、緊張した顔で列《なら》んでおりました。この中からとりあえず三名が、特攻隊として指名選抜になりました。富樫隊から二名と工兵第三三九部隊から配属された工兵隊一名と記憶しております。

大隊長は、「ソ連戦車の攻撃に対する特攻隊を命ずる」といわれました。三人は急造爆雷を受け取り、その場に自分の銃装具を置いて、帯剣に爆雷の紐を結びつけ、敵戦車の進攻を待っておりました。

戦車に突入する順番は、私が一番、次に幹候生の千葉、三番が工兵隊の兵隊となっておりました。私はその時、敵戦車はかならずこの道路を来るとは、思っていなかったのです。そしてなんとなく、哀愁の念にかられてか、故郷のことや戦友、彼女から頂いた二個の人形のこと等々を想い浮かべておりました。

その時、急に敵戦車の轟音が聞こえてきました。私ははっと思い、立ち上がった時は、もう目の前を戦車が走っているではありませんか。私はもう無我夢中で戦車に飛び込みました。しかし、残念にも爆薬は不発となり、気がついた時は、三十メートル先でソ連兵が戦車の上から拳銃で、私をめがけて盛んに射ってきました。

私は敵戦車を爆破も出来ずに、このまま戦死しては、いられないと考え、林の中に突っ込みました。その時、工兵隊の特攻隊員が飛び込んで、戦車は爆音と同時に破壊し、ソ連兵は中から飛び上がって戦死し、工兵隊の特攻隊員は、吹っ飛び去り、貴重な青春の生命を護国のために捧げたのであります。

私はこの惨劇を目の当たりに見て、ただただ泣きました。彼の御冥福を心からお祈りいたします。

さて、中隊に帰りますと、中隊長は、「おう津志田、大変ご苦労であったなあ」と慰めてくれました。そして、「次回にまた頼むよ」といわれ、そのまま中隊本部で休んでおりました。

ところが、午後の五時頃、二度目の特攻隊の命を受けた時は本当に嫌気がしましたが、命令でありますので、どうしても従わなければならないわけです。しかし幸運にも、この時は、私の待機していた場所に敵戦車の姿が、現われなかったので、戦死をまぬがれた次第です。——

津志田君は、このように淡々と書いておられるが、当人とすれば、そのときの心境はどれだけ辛かったことか。いや、辛いなどというものではない。いかに命令とはいえ、若き青春を、ここ満蒙の辺地で終えるとなった時の心境は、とても文章では表わせないし、また想像することもできない。ただただ津志田君に感謝し、これからもいつまでも元気でいてほしいと願うものである。

十五――満洲開拓団の悲劇

満洲を語るとき、満洲開拓団を抜きにしては語られないとまで言われるほど、いかに開拓民が苦労し犠牲になったか（この開拓団の悲劇については、多くの人たちが本を出版しているが）。私も一緒に行動したことがあるので、少しばかり述べてみたいと思う。

昭和十四、五年頃より、国策として日本は満蒙開拓に野望をいだき、日本の若い青年を満洲の荒野に移駐させ、日本の植民地化政策をもくろんだのである。そのため、昭和十六、七年頃より十五、六歳のあどけない少年たち、まだ親元も離れたこともない若者たちが満洲へ満洲へと駆り出されたのであった。もちろん、鍬《くわ》など持ったこともない少年たちである。その手で一鍬一鍬、満洲の荒野を開拓したのである。

また、学校でも盛んに満蒙開拓青少年義勇軍として、少年たちを満洲に送るため先生もよく勧めたのであった。「五族協和、王道楽土」と持てはやされ、満洲は土地も広し、何町歩という土地がもらえるのだとのことで、多いに奨励したのであった。日本にいても二男、三男は大変なので、満洲の荒野に夢を抱いて渡ったのである。他にも満洲に渡り、新天地で一はだも二はだもあげようと、盛んに渡っていった。われわれの同級生も、何人かが義勇軍として渡ったのである。

なにしろ、日本の国内だけでは仕事もなく、失業者があふれるので、どうしても満洲に新天地を求めなければならないのであった。これも国土の狭い日本では、いたしかたがなかったかもしれない。

しかし、その夢も戦前の一時期であった。日本が敗戦となり、負けた途端に情勢は一変したのである。なにしろ、元々は満人の土地を、日本は軍に物を言わせて強制的に取り上げ、日本人を送りこんだのであるから、日本の統治が及ばなくなった途端、一夜にして満洲国が崩壊したのである。もちろん、開拓団も例外ではなく、その日から悲劇が始まるのである。

昭和十九年頃より、日本も戦況があやうくなり、満洲でも総動員が始まった。開拓団でも、一人前の男たちはほとんど軍隊に召集され、女や年寄り、子供たちだけとなったのである。ところが、昭和二十年の八月には、ソ連軍が怒濤のように満洲になだれこんできた。開拓団でも移動が始まったのである（北満の方から南下しなければならない）。

荷物をまとめ、できるだけ多くのもの背負って行かなければならない。いつまで歩かなければならないか、どこまで行かなければならないかも分からない。そのため、最初はみんなができるだけ多くのものをもって行きたがったから大変である。それに子供を背負っていかなければならない。

小さい子供は荷物の上にのせ、歩ける子供（五、六歳）は手をひいて歩くのだが、一日や二日はなんとか歩くが、毎日ともなると、とても大変だ。歩かなければ、どんどん遅れる。遅れようものなら、どうなるかわからない。後からはソ連軍がどんどん進攻してくる。遅れるとソ連軍に捕まる。捕まると、どうされるかわからない。おそらく殺されるか、捕虜となってソ連に連行されるかである。

われわれのような若いものでも大変なのに、年寄りや女子供であればなおさら大変だ。だが、どうすることもできない。前にも述べた通り、誰も他人のことなど、かまってはいられない。自分もどうなるかわからないのだ。子供は歩けずに泣きだす。腹は減って倒れる。食べるものや飲むものなどなにもない。それでも、昼も夜も歩かなければ、後から敵が攻めてくるのだ。

もう一週間も歩いたが、どうなってもいい、殺してくれと言うものもいる。子供などは精魂尽きて、泣く力もなければ、もちろん歩くことなどできない。ただ眠っているのか、息たえているのか、わからない。母親とて、どうすることもできない。とても可哀そうだとか、気の毒などという生易しいものではない。可哀そうをとおりこして、どうにでもなれ、見ているのも辛く、鬼になって殺してしまいたいくらい、せっぱつまってくるのだ。

満蒙開拓青少年義勇軍の戦士と宿舎

　これを見ていると、人間も生か死かの瀬戸際まで追いつめられると、鬼にもなるものだ。子供にはそれがわからない。子供にはなんの罪もない。みんな親の責任である。いや、責任の問題ではない。なんとかして日本に早く帰りたいその一念である。

日本人（敗残兵や開拓団、一般邦人）が南下するため、部落を通ると、満人が出てきて罵声（馬鹿やろう。日本人など殺してしまえ）を浴びせるのである。時には棍棒などで襲いかかる者や、熱湯などを掛ける者もいる。

なにしろ日本の国が負けたのである。今まで抑圧されていた満人にしてみれば、自分たちの耕地を、日本人が来て奪ったのだから恨みはある。いくら言葉では五族協和を唱えてみても、満人から見れば、侵略である。それを喜ぶはずがない。だから、負けた途端に、「日本人など満洲から出ていけ」となったのだ。いままでの恨みが、一気に暴動となって起こるのも不自然でない。当然かもしれない。

ただ迷惑なのは、こちらの日本人である。略奪やら暴行が横行したのだからたまらない。たまには鎌など振りかざし、暴れる者もある。日本人の持っている荷物を奪うものもいる。

なにをされてもなんにも言わず、ただ歩くだけである。何をいっても、所詮、負けた国民であるから、どうすることもできない。それでも大人であればそれもわかるが、子供にしてみればなにもわからない。日本が負けたことなど、分かるはずがない。

子供は、ただ泣くだけであるが、そのうちに泣く力もなく、つぎつぎと死んでゆく。

親とてどうすることもできない。みんなで葬ってやればいいほうだ。とても葬る力もなければ、そうしている時間もない。早く南下しなければ、ソ連軍が追ってくる。死んだ子供を道ばたに置き去りにして、逃げるように南下するのである。

今考えると、なんとも可哀そうなことしたと思うけれど、当時のあの現状では、致し方なかったかもしれない。いや、そうするより仕方がなかっただろう。とても正気では考えられないのだが……。あの現状を見たものでなければ、いくら話しても判ってもらえないのが本当だろうと思っている。

私たちのような若い兵隊は一人身でもあるし、自分だけであるからなんとかなるが、女や子供、年寄りの方など、どれだけ苦労されたか。いや、苦労などと言えるものではない。食べ物もなく、もちろん着るものも履くものもなにもない。

しかし、毎日、夜も昼も歩かなければ、日本には帰れない。どうしても国に帰りたい。履いていた草履もぼろぼで、足に豆が出ようが、血が出ようが、歩かなければ帰ることはできない。ただ、黙々と歩くだけである。

何日くらい歩いたかさだかでない（一週間くらいか）が、ようやく大きな街についたようだ。街には日本人も多く日本人会があって、そこではいろいろと世話をしてくれ、ようやく正気を取り戻したような気がしてきた。

この悲劇は、いつになっても消えることはない。このような悲劇は、二度とあってはならない。いや、戦争は絶対にやってはならない。悲劇の根源は戦争である。いつの時代でも、戦争で犠牲になるのは国民である。一部の人の考え方が、ややもすると戦争に結びつくのである。このような「戦争の悲劇」があったことを後世に伝えたく思って書くことにしたのである。


中国に残された日本人の残留孤児が日本に肉親をさがして来日するが、あの人たちは当時五、六歳、いや一歳か二歳の子供であったろう。それを満洲の人たちが大事に育てたことであろう。なんと感謝してよいのか、命の恩人である。孤児たちはなんとか肉親に合いたいと思って来日するのであるが、なかなか肉親に合えないようだ。

たしかに長い年月（五十年以上）がたったので大変だと思うけれど、なんとかして会わせてあげたいものだと思っている。あれだけ苦労して生きてきたのだから、どうかこれからも元気で暮らしてもらいたいとも思っている。

また、育ててくれた中国の方々には、どのようにお礼をしたらよいのか。あの人情あふれる行ない、敵国の子供を、わが子と同然、いや、わが子以上に大事に育てくれた中国の人たちに感謝しなければならない。

ご参考までに『岩手日報』の「21世紀への伝言」に「当初は係累のない者を送る」（満州開拓移民始まる）と題された歴史研究家・半藤一利さんの一文が掲載されているので掲げておこう。

『満州（中国東北地方）開拓移民の源流は、日露戦争後に始まるが、国家的規模でどんどん送り込まれたのは、昭和六年の満州事変の後からである。日本の疲弊する農村の救済と、満州支配という隠された国策によって、百万人移民計画の下に強力に推進された。

その第一陣の「満州自衛移民」が、海を渡って、満州北部のチャムスに着いたのは、一九三二（昭和七）年十月十四日。「移住後、後ろ髪を引かれるような者は、思うように活躍が出来ぬことゆえ、当初は係累のない者を送る」ということで選ばれた約五百人である。その夜、彼らを迎えたのは反日ゲリラの襲撃であった。そして彼らは、先住の中国人四百人を一人五円で立ちのかせた後の土地に住み着いた。後の「弥栄村開拓団」である。

こうして昭和二十年までに開拓団として、八百八十一団、約二十七万余人の日本人が満州に渡った。その人たちが敗戦後に味わった悲劇については、すでに多く語り尽くされている。国家の無責任さについては言葉を失う』

第二部

十六——第七中隊・興安会

復員後、誰しも思っていたことは、あの戦争で一緒にいた戦友たちがその後どうなったろうか。今頃、どこで、どうしているのだろう。みんなが帰ってきているだろうかということであったろう。私も幸い生きて帰ったが、あの人はどうしたろう、某君はどうなったろうと思わぬ日はなかった。だが、戦後の混乱で、家や家族は疲弊していて生活するにもままならず、とても戦友のことなど調べる余裕もなければ、毎日が働くだけの生活であった。

第14回興安会。平成９年９月２日、鬼怒川。後列右から３番目が筆者

私も復員後、家族が病気となり、その後、妻や父も亡くなった。毎日の生活をどうしようかと思っていたのに、さらに追いうちをかけるように、二人の死亡でこの世のどん底に落とされたのであった。しかし、そればかり考えていては家や家族が大変である。意を決してやらなければならない。まだ二十二歳の時である。

それからは何も考えず、朝は早くから、夕方は月の明かりで働いたこともある。ただただ働くだけの毎日であった。いくら働いても、あまり苦労だとも思わなかった。まだ若かったからか。それにもまして、あの軍隊の生活や戦争の苦しみ、人間の極限まで耐えてきたあの経験が、そうさせたのか。辛いこともあったが、あまり辛いとも感じたこともなかった。やはり私は、働くだけの人生だったかもしれな

平成11年６月17日、秋田温泉プラザで開かれた第15回興安会。前列左から津志田、鈴木、渡辺、桜井、柴田、菅原、後列左から筆者、星野、中道、小松、佐々木の面々。

いと思っている。

何年かたち、生活も落ち着いてきた頃、やはり戦友のことが、どうしても脳裏から離れない。いつかは会いたい。どうしても会って、あの時（満洲当時のこと）の出来事を聞いてみたい。戦友の消息も聞いてみたいと思うようになり、新聞などに戦争のことなど、また満洲のことなどが載っていると、目を凝らしてみたものである。私はいつも思っていたし、戦友たちも、みんなそう思っていたことだろうと思っている。

その後いつだったか、興安会があるとのことを聞き、どんな会だろうかと思って行ったのである。それは、私の考えていた、まぎれもない戦友会であった。それから今日まで参加し、亡くなった戦友のご冥福をお祈りしながら、旧友を深めあっている。

酒を汲みかわしながら、君はどこでどうしていたか、あのときの戦闘はどうだったのか、シベリアでは大変だったとか、よくぞ生きてきたものだなどなど、一晩じゅう語っても語りつくせない。もう遅くなるから寝ようやとなるが、それでも話はつきない。それだけ戦友は懐かしいのである。

興安会とは、満洲昂々渓にいた第七中隊（満洲二〇一部隊）の戦友会である。興安会は、戦後三十年目の昭和五十年に結成され、毎年持ち回りで今日まで延々と続いているのであるが、会員も老齢となり、亡くなる会員も多くなって、長くは続かないかもしれないだろうと思っている。しかし、昔の戦友と会えるのが一番楽しみである。

やはり苦楽を共にした、いや苦楽などというなまやさしいものではない。戦争には負けて捕虜となり、シベリアの極寒の地での苛酷な重労働に息絶えて凍死する者、また食うや食わずで満人の暴徒に鎌や鉈などで追いまわされ、手当たりしだいに略奪されながら逃避行する者等々。とてもこの世の出来事とも思えないが、なんとか今日まで生きながらえてきた仲間である。なににも替えがたい戦友である。

いつまでも元気でいて会いたいが、それもかなわぬことであろう。戦争を語り継ぐ人も、もう少しでこの世からいなくなるのである。それにつけても、みなさんに生き長らえて、戦争を語り継いでもらいたいと思っているのである。亡くなった戦友には、どんなにご冥福をお祈りしても、本当に申しわけないといつも思っている。安らかにお眠りください。どうか天国より、わが国のご安泰とご繁栄をお守りください。

十七──旧満洲を旅して

私は昭和二十年に現役兵として二年くらい満洲におり、終戦後、あの満洲の各地を転転と歩いた経験をもっている。そのため、五十年後のあの満洲がどうなっているだろうか。あの荒涼たる大平原での軍隊の演習を思い出し、今、あの兵舎などはどうなったのか。どんなことがあっても、もう一度、あの懐かしい満洲の広野を、満鉄（満洲鉄道）で旅して見たいと、時々、夢にまで見ていた。幸い、今度その機会に恵まれ、九月二十一日から二十九日（平成九年）まで、九日間、満洲各地を旅してきた。

九月二十一日に成田を飛び立ち、大連に着いたのが夕方であった。さっそく空港で荷物の受け取りであるが、仲間の荷物が一つ足りないとのことで、少し時間がかかった。

だが、荷物も見つかり、さっそく大連駅に着く。

大連駅から満鉄の寝台特急で、ハルピン行きの列車に乗ったのが夕方の五時頃である。満洲の広野に、真っ赤な太陽が沈みはじめているではないか。日本で見る太陽とは違い、どこか大きく見える。みんなが車窓より身を乗り出してながめている。誰かがなんとなく昔の歌「ここは御国を何百里　離れて遠き満洲の　赤い夕日に照らされて　友は野末の石の下」などと口づさみしているようだ。

そのうち、夜も更《ふ》けて何時間か寝たのであろうか、もう朝方である。満鉄は列車が大きいせいか、乗降口が高いので大変である。また、寝台車は四人ベッドで、発車のときなどガタン、ガタンと揺れてなかなか寝つけないのだ。十三時間くらい乗っただろうか。今ハルピン駅が近くなったのであろうか、昔ながらの満人部落が点々と見えてきた。今も野放しの豚がたまにはいるようだ。部落の人たちが、われわれの乗った列車を眺めているが、どんな気持ちで眺めているのだろうか。この列車は中国人も一緒であるから、日本人などが乗っているとは誰も知らないだろうなどと、一人で思ったりしていた。

もう朝日が昇り始めていた。あの満洲の広野で見る太陽は、日本で見るのとは異なって大きく真っ赤で、どこか神秘的ですらある。もちろん、日本のように山など見えるはずがない。どこまでも続く大平原なのだ。太陽も広野から出て広野に沈むのである。そのためか、満洲で見る太陽はすばらしかった。さっそくカメラで撮《と》る人もいる。ただ眺めて素晴らしいと感動している人もいる。ハルピン駅に着いたのが、八時頃であった。

今度の旅行には、日本より大谷敦子添乗員が付き、満洲では李明淑さんが全行程を案内した。ほかにその場所場所では、日本語のガイドさんが一緒に巡ったので、とても楽しい旅だった。

さっそくハルピン駅の近くのレストランでの朝食である。レストランの朝食は、われわれにも合いそうだ。野菜の油炒《いた》めが多くて、肉はあまり出ない。この前、台湾を旅行したときは肉食が多くて飽きたので、心配していたが、今度は大丈夫であった。

朝食を済ませると、バスでハルピン市内観光である。ハルピンの駅前には、毛沢東の大きな像が立っていた。申し遅れたが、今度の旅行はみんな元満洲におられた方々ばかりで、ハルピンに住んでいた人もいる。ハルピン駅なども昔のままであり、みなさんが昔を思い出してか、大変懐かしがり、「今度来てよかった」と喜んでいた。

ハルピン駅は北満への玄関口でもあり、チチハル、満洲里、黒河、ジャムス、牡丹江行きなど、多くの列車がせわしく出入りしていた。

上から現在の松花江と筆者と妻。
満洲を列車で旅する筆者と妻。

ハルピンの街は今、建設ラッシュで、いたるところ工事中である。中国は人口が多いので、機械にあまりたよらず、人でやっているようだ。ホテルは日本以上で、全部カード式でゆったりしていて素晴らしかった。全部二人部屋でベッドである。

ハルピンの街は松花江が流れているので、舟で川下りもした。中国人は陽気でのんびりしている。大陸性なのか、公園などでも、みんな、のんびりと集まって、中国式碁などして遊んでいるようだ。われわれが通ると、みんなが立ち止まり、われわれを見ている。われわれも、「リーペンライ（日本から来ました）」と話すと、首をかしげて、うんうんとうなずいている。

中国人は顔も日本人に似ているせいか、どこか親近感があり、あまり異国人のような感じはしない。ハルピンの気候は寒いだろうと心配して行ったが、日本の気候と変わりないようだ。

ハルピンの観光も終わり、今度は長春（元の新京）である。満洲国時代の首都であり、当然ながら満洲国最後の皇帝傅儀《ふぎ》氏の宮廷なども、そのまま博物館として残っている。いろいろと見て巡った。その中の一室は、ガイドさんも説明をしないで、「みなさんで見て下さい」と話し、部屋に入らなかったので、われわれだけで見たが、とても見るに忍びなかった。

日本の軍隊がいた当時、中国人を捕らえて処刑する写真や軍刀で捕虜の首を刎《は》ねるところ、中国人の首を取り、さらし首にして吊るしている写真などもあり、とても日本人として済まない気持ちで見ていたら、中国人の子供たちも先生に連れられ、われわれと一緒に見ていた。先生は、子供たちにどのような説明をしているのだろうか。言葉がわからないので知ることはできなかった。

南新京には終戦後、ソ連の捕虜収容所があり、私もソ連の捕虜として何ヵ月かいたことがあるが、今はなにもないそうだ。長春には日本統治当時の建物やいろいろなものが多く残っているようだ。満鉄本社、関東軍司令部、帝国ホテル、大和ホテルなど立派な建物は昔のままだ。

中国も人も多いが、車も多い。信号もあるが、日本のようには守らないようだ。われわれの乗ったバスも、日本からの中古品だそうだ。長春映画製作所なども見て巡ったが、とても日本のようなわけにはいかない。長春にも一泊し、次は列車で瀋陽である。

瀋陽（元の奉天）では、瀋陽故宮や北陵、東陵など（皇帝の墓）などを見て巡ったが、さすが中国である。北陵も東陵もとても壮大である。

私たちが見て巡っていると、一人の老人がいるので話しかけると、日本語で話す。そこでいろいろ聞いてみると、日本人と一緒に青年会などで働いたと話していた。ガイドさんの説明だと今、七十歳以上の人たちは日本語が分かるといっていた。その老人の話すには、今は生活が大変だというので、みんなでお金などやったりしたところ、大変喜んで「謝謝《シャシャ》（有難う）」といって別れた。

瀋陽にも一泊し、今度は撫順だ。撫順は瀋陽からそんなに遠くない。バスで一時間ぐらいで着いた。撫順は昔から露天掘りで有名である。山がそのまま石炭である。いくら無尽蔵でも何年も掘ったので、今は擦りばちのように百四十メートル深くなったと説明していた。

今度は大連の街だ。大連は中国でも有数の貿易港である。港には大きな船がたくさん入っている。日本からの観光客も、ほとんど大連に降りるそうだ。大連の街を観光して感じたことは、とても日本人が多いことだ。日本の企業などもたくさん来ていると話していた。

大連まで来たのだから、旅順にも行ってみたい。旅順は明治三十七年、八年の日露戦争の激戦地、乃木将軍と露軍のステッセル将軍が戦ったあの二〇三高地のあるところなので、是非行ってみたい。大連からバスで二時間くらいだろうか。

行ってみて驚いた。よく日本軍がここを陥落したものだと感心したり、大変な犠牲だったろうなと思ったりした。ここは今まで見せなかったそうだ。去年の七月から解放して、今は見ることができると話していた。

二〇三高地は小高い山で、二〇三メートルあるそうだ。そのほかに、東鶏冠山など当時のまま残っていた。露軍の要塞はとても頑強で、日本軍がどんなことをしても落ちな

水師営会見所と筆者

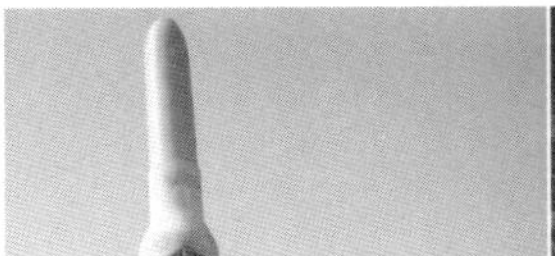

左は203高地の爾霊山の塔と筆者と妻。右は203高地の乃木将軍の息子の墓と筆者の妻

いといっていたそうだ。コンクリートの要塞は、厚さが一メートル以上もあろうか。今でも当時のまま残っている。

「この要塞を作るとき、中国人三百人以上が強制労働させられ、完成と同時にみな殺しにされたそうです（いつの戦争でも、要塞などで働いた人は犠牲になるそうだ）」と、ガイドさんが話していた。

ロシヤ軍はここの要塞で、日本軍が来るのを待っていて、下から登って来る日本兵を上の要塞から狙い打ちにしたので、日本軍は全滅だったそうだ。そこで日本軍も仕方なく、塹壕やトンネルを掘って進んだという。そのとき、日本軍が一万五千人、露軍が五千人が戦死したそうで、その時の戦争は日本軍が勝利したとの説明には胸がつまるようだった。

二〇三高地には、「爾霊山」と乃木将軍が書いた鉄砲の弾丸の形の立派な塔が立っていた。また、当時の日本軍の大砲なども残っていた。露軍の大砲もあるが、とても日本軍の大砲は比べものにならないほど小さく、よくぞ勝利したものだと感心した。

あの戦争で、山には一本の木も残らなかったと説明していたが、今は松の木を植林したといっており、松林になっていた。また二〇三高地には、乃木将軍の息子・乃木保典戦死の地と立派な石碑が立っており、よく保存されていた。

旅順港は日本海海戦の舞台でもあるが、ここは中国海軍の軍港のため、見ることはできなかった。水師営にも足を伸ばした。乃木将軍とロシヤ軍のステッセル将軍の会見した場所も、昔のまま立派に保存してあった。小さな普通の民家で、会見の部屋には机もそのままあり、庭にはナツメの木もあった(当時の木は枯れて植えなおしたそうだ)。中国でも、戦蹟などは立派に保存されているようである。

今度の旅は、ハルピン、長春、瀋陽、撫順、大連、旅順と巡ったが、とても懐かしい楽しい旅だった。

付記——総勢二十七名で、大谷敦子添乗員や、行く先々ではそれぞれガイドさんが付いて心配はなかった。ただ一番心配していたのは、日本が統治していた満洲国時代、いろいろなこと(先ほどの写真や略奪や焼き打ちなど)を行なったので、国民感情がどうなのだろうかということであった。ガイドさんは、「昔はいろいろあったが、今はそんなことは考えておりません。今の時代は日本とも仲良くしなければならない」と話していた。
やはり中国人はおおらかで、寛大な国民なのだと考えさせられた。日本人としても、これからは中国とも仲良くしなければならないと、つくづく感じたしだいである。

十八――中国一週間の旅

私たちは一行百五十八人で、平成十年八月二十六日より一週間（日本山西友誼桜花植樹号）として、中国を巡ってきた。

二十六日に中国民航機のチャーター便で花巻空港を十二時三十分に飛び立ち、空の人となり、あとは飛行機まかせ。無事、中国に着くのを祈るだけだ。しかし、案外とのんびり楽しい旅である。

その日は花巻も雨ふりであり、天候が悪くて大変だなと思って飛び立ったが、行くにしたがって空も晴れてきて、日本を離れる頃にはとてもよく晴れ、海や島もはっきり見えてきた。飛行機も飛び立って水平飛行に入ると、飲み物や食べ物が、機内食としてみんなにサービスされる。飲みながら、食べながら、あそこはどこだろう、中国に入ったのかなどと話している。この時の飛行機はほとんど揺れなくて、楽しい空の旅であった。そうこうしているうちに、天津《テンシン》空港に着陸である。天津空港には三十分くらいいて、

訪中団を熱烈歓迎で迎えてくれた中国

今度はいよいよ太原《タイゲン》である。太原空港には四時三十分に着く。太原は中国山西省の省都（県庁）である。空港には、省のお役人や子供たちなど大勢の方々が出迎えていてくれて、われわれも驚いた。さっそく「日本からはるばるよく来てくださいました」と、省の役人の方から挨拶がある。空港前の広場では、小学生や中学生たちの歓迎の音楽が吹奏され、われわれは涙が出るほど感激した。なぜ、これほどまでにわれわれを歓迎するのかと思ったものだった。

後で詳しく記すが、われわれは中日友好のため、桜を植え、子々孫々にいたるまで仲良くしましょうということで来た。友好団であるというので、国賓

扱いであるとも話していた。いかにも中国の人たちは、熱烈歓迎である。本当に態度で表わし、心の底から歓迎してくれた。われわれもなんとなく済まないような、申しわけないような気持ちになり感激した。

空港での歓迎式が終わり、さっそくバス五台で山西大酒店(ホテル)に向かったが、国賓扱いというので、パトカーが先導してわれわれのバスを送る。だから、すべての車が止まり、信号も無視、全部通過である。中国の人たちもどういう人たちが来たのかと、みんな止まって見ている。

われわれは上海や北京も巡ったが、どこでもパトカーが先導してくれた。北京の街も車が多くて渋滞するが、パトカーが先導しているので、バスもクラクションを鳴らし、どけどけと進むのだから、中国の人にしてみれば、どんなに大事な人かなと思ったことだろう。われわれは本当に申しわけない思いがした。

翌日(八月二十七日)、今朝は早く起床し、六時にバスで出発して五一広場に出かけた。広場には大勢の人たちが集まって、朝の体操や日本語など、思い思いの場所で青空教室を開いている。とくに日本語教室は人気があった。毎朝、中国人の先生がきて、ボランティアで日本語を教えて二十年にもなると話していたが、大変な評判で、みんな集まってくるそうだ。

われわれ日本人が行くと、みんな集まってきて、いろいろと話し掛けてくる。われわれもそれに答えて、いろいろと話してみたが、皆さん、日本語が上手で、「日本のどこからきましたか。日本にいってみたい。私は長崎に行ってきました」などと話し、とても楽しそうにやっていた。みなさんが日本語を一生懸命勉強しているのには感心した。

そのうち時間もすぎ、バスでホテルに帰って朝食をとる。今日はいよいよ記念植樹である。八時頃、バスでホテルを出発し、パトカーの先導で臥虎山《がこざん》公園に向かう。いくらパトカーが先導でもなかなか進まない。中国でもいたるところ工事中である。遠回りして、やっと公園に着いた。

公園に着いて驚いた。公園にはたくさんの人たちが集まってきていて、われわれを出迎えてくれた。なにしろ、テレビや新聞で、われわれ訪中団がきて、桜を植えるとの報道があったそうで、みんな知っている。広場には、省の役人や関係者など係の人などが大勢待っている。

子供たちも揃いの服装で音楽をやり、日本の歌「さくらさくら」や「そうらん節」「北国の春」など、とても懐かしい演奏には、みんな聞き惚れていた。一般の人々も大勢きて、われわれのくるのを待っていてくれた。ただちに歓迎式典である。「中日友好のために、みなさんが来てくれ、桜の木を植えてくれて感謝し、熱烈歓迎します」との挨拶があり、日本側も、「私たちをこれほどまでに歓迎してくれ、本当に感謝しており、嬉しく思います」と答礼し、また「日本の嫁さんになった方たちの子供たちも、学校に入学するようになったので、今後ますます中日友好が深まるでしょう。子々孫々にいたるまで、仲良くしましょう」と挨拶があった。集まった一般の民衆の人たちも盛んな拍手でわれわれを迎えてくれ、頭が下がる思いで感謝したしだいである。

式典も終わり、いよいよ植樹である。公園には「中日友誼桜花園」と書いて、裏にはそのことを詳しく彫ってある立派な石で記念碑が立っていた。

中日関係者が除幕式を終えて、いよいよ植樹である。白い手袋とスコップは用意してあり、みんなで桜の木を一本ずつ植えた。中国の若い人たちも大勢おり、みんな一緒になって、この桜が無事、根づいて、中日友好のため花を咲かせてくれることを祈って植えたのである。

植えた桜の木には、自分の名前を書いた名札を付けており、誰が植えたのかと記して終わった。みんなで、この桜が花を咲かせるようになったら、また来ようと話しながら、臥虎山公園を後にした。

太原市内も、今は建設ラッシュである。昔のレンガ作りの家を壊し、立派なアパートが建っていて、ずいぶんと変わっているようだ。今度行かれた人たちの中には戦前、山西省にいた人たちも大勢参加しており、懐かしい様子だった。

市内観光では、晋祠《しんし》を見学したが、晋祠は皇帝様が生活したところだそうで、お墓などもあるそうだ。双塔寺などを見て回ったが、中国の観光地はとても広くて、壮大というか、言葉では表現できないほどだ。とても全部を見ることはできない。

ある観光地などは、全部見るには一週間もかかると、ガイドさんが話していたが、日本の観光地とはくらべものにならない。なにしろ、中国は二千年の歴史の国であるからであろうと思いながら見て回った。

夜の宴会は、山西省の招待というので、太原市の役人や関係者などが多数見えられ、われわれ訪中団のために盛大な宴会を催してくれた。お互いに歓迎の挨拶やら感謝の挨拶などをやって乾杯をやり、和やかな雰囲気で、お互いに友好を深めたのである。中国の関係者も各テーブルを回られ、われわれにも話しかけてくれ、大変嬉しく楽しい宴会だった。

中国の人たちは大らかでいて緻密なようでもある。国民性なのか、とても気持ちがよかった。中国とはいろいろあったが、これからは仲良くしなければとみんなで話した。

翌日の夜は、今度は日本側が山西省太原市の方たちを招待する番である。各テーブルに太原市の関係者が何人か、われわれと一緒に座り、ガイドさんが通訳しながら和やかなうちに乾杯をやった。宴会も盛り上がったところで、日本から駆けつけた歌手も、日本の歌や踊りなどを踊って見せた。中国からも踊りや歌などの余興があり、とても和やかなうちにも盛大にして楽しい宴会も終わるころ、みなさんが「今度来てとてもよかった」と話しながら、ホテルに着いたのが十時も過ぎていた。

今度の訪中団の百五十人は、それぞれの五コースに分かれて観光することになっていた。五台山、上海、蘇州、北京や敦煌、シルクロード、長江三峡などで、われわれは上海、北京、蘇州コースである。

太原から上海まで、飛行機で二時間である。上海空港に着いたのが九時半頃であった。さっそくバスで回るが、ここもパトカー先導である。市内観光は、豫園、玉仏寺、外灘などを観光したが、どこも広くて見て歩くのも大変である。どこを見ても、よくぞこれほどまでに作ったものだと関心するばかり。豫園は昔は個人の庭園であったそうだが、今は国の文化財として保護しているといっていた。

上海の街も、建設ラッシュである。上海は中国一大きな街で、人口は千五百万人だそうで、東京よりも大きいと話していた。日本の企業もたくさんきているそうだ。上海の市場も見たが、日本のようにはなっていない。あまり清潔ではないのだ。しかし、中国の庶民のそのままを見ることができてとても良かった。

夜、夕食をすませ、上海港の外灘に出てみた。外灘は上海の公園のようなところだ。中国の人たちは、夜遅くまで賑やかに飲んだり食べたりして楽しんでいる。

上海港の夜景も素晴らしい。大勢の中国人が夕涼みをかねて、子供などを連れて散歩している。中国人かと思って、「ニィハオ」と声を掛けると、「今晩は」と話す。話してみると日本人で、八戸からきているとのことだ。日本人と中国人は似ているので、顔だけではわからない。やはり日本人が多くきているようだなーと思った。

次に蘇州である。蘇州は戦前、よく日本人にも馴染みの深いところである。「蘇州夜曲」や「蘇州の夜」などの歌が流行したものだ。行ってみると、たしかに水の多いところだ。いたるところに運河があり、水に囲まれたような街である。運河のほとりには柳があり、静かな情緒のある街である。寒山寺があり、よく日本からも除夜の鐘を撞《つ》きにくると、ガイドさんが話していた。

寒山寺は中国でも有名な寺なそうだ。寒山という坊さんと拾得というお坊さんが開いた仏教寺院だそうで、立派な寺である。われわれもわざわざ来たのだからと、鐘楼に上り、寒山寺の鐘を撞いてきたが、あまり大きな鐘ではない。歌にもあるように、「鐘がなります寒山寺」で有名なようだ。

ガイドさんがわれわれに「せっかく来たのだから」と日本語で「蘇州夜曲」を歌ってくれた。君がみ胸に　抱かれてきくは　夢の舟歌　恋のうた　水の蘇州の　花散る春を惜しむか柳が　すすり泣く……。戦前とても流行《はや》った歌なので、みんな懐かしがり楽しい気分になった。

ガイドさんがいっていたが、中国では歌ってはいけないそうだ。日本人が作った歌であるからだという。それでも日本人だからというので、内緒で歌ってくれたのである。ガイドの耿《コー》さんには、今でも感謝している。

上海から蘇州までは高速道である。中国でも高速道はずいぶんと伸びているようだ。ここは上海から南京までの高速道のようだ。途中、農家も見えるが、日本のように田んぼや野菜を作っている。稲は日本とあまり変りないように見える。

拙政園も見学したが、ここも大き過ぎて、言葉では表現できない。ここは昔、女王様が権力を握り、国政を治めたところといっていた。虎丘園にも足を伸ばしてみた。ここは大きな石で、奇石というか石の庭園である。大きな塔が立っているが、いつの時代からか、この塔が斜めとなり、今では世界的に有名な斜塔であるそうだ。

八月三十日、今日は北京観光である。朝は早いホテルで朝食を済ませ、上海空港に向かう。空港を八時三十分に飛び立つのである。

天安門広場の筆者と妻

バスで向かうが、ここでもパトカーの先導である。上海からは北京まで約二時間の飛行である。北京空港には十時三十分に着いた。

ホテルは最高級の崑崙飯店である。まずホテルに着き、一休みしてから市内観光である。まず天安門広場であるが、とても広く、よくテレビなどでも見ることがある。現地で見る天安門は、じつにすばらしい。なにしろ、十万人が収容できる広場とは驚いた。

この日はちょうどアラブの大統領が来ているそうで、中には入ることはできないが、歓迎式典を見ることができた。祝砲が空に向かって轟音を響かせ、儀仗兵が整然と整列しているではないか。回りは多数の警察官で警戒していて、猫一匹入ることはできない。どこか静粛のうちにも厳粛で、なんとも言いようのない雰囲気であるが、外から眺めているだけである。

正面には毛沢東の大きな肖像画が掲げられている。この日も何万人かの民衆が集まっていた。ガイドさんがいっていた。今日のような式典を見るのは、なかなかないそうだと。われわれは幸運であったのかもしれない。

次に頤和園《イワエン》と天壇公園を見て回ったが、どこへいっても壮大であり、驚くばかりである。その次は故宮（紫禁城とも言う）を見たが、とても言葉では表現できない。どこまでも続く建物。遙か彼方までも続いている。昔、女王（女皇帝）が国政を治めたところだそうだが、とても全部を見ることはできない。日本の宮城のようなものなのかと思ってもみた。建物は九千九百九十九あると言っていたが、よくぞ昔のまま立派に残っているのには関心した。

いよいよ今度の旅の最後で、一番の見所である「万里の長城」である。北京から高速道を八達嶺まで、バスで二時間である。子供のころ、学校の教科書にもあったように、中国の万里の長城と言えば知らない人はいない。一回はどうしても見たいと思っていたので、バスが走る間も胸が鼓動する。二時間という時間も待ちどおしい。やはりパトカーが先導して走るが、気がはやるので遅いような気がする。

そのうち山が見えはじめてきた。岩肌がごろごろ見える。あまり大きな木は見えない。灌木のようで、人の背丈ぐらいだろうかと思ってみたが、青々としていた。

いよいよ昌平も過ぎ、八達嶺である。上を眺めると、万里の長城が見えてきた。多くの観光客が見える。一般には八達嶺から万里の長城に登るそうだ。バスから降りると、広場にはたくさんのお土産やさんがあり、いろいろなものを売っている。ガイドさんが「ここで一時間ぐらい時間をとりますから、みなさんで自由に見てください。どこまで行ってもいいですが、一時間後にはここに戻ってきてください」というので、自由行動となる。それぞれ組んで登りはじめた。

まず驚くのは、よくぞこれだけのものを、どうして作ったのか。レンガを一つ一つ重ねてある。昔はセメントのようなものはないから、餅米の粉を練って混ぜて積んだそうだ。いまでも昔のままで立派になっている。なにしろ長さが六千キロというから想像もつかない。日本の国の長さの何倍であろうか。私たちが北京から花巻空港まで飛んで二千キロくらいだそうだが、その三倍はある。六千キロを、何百年もかけて作ったことだろう。いかに防備のためでも、よくぞあれほどやったものだ。

山の峰伝いに、どこまで続くのか分からない。長城の中は広い道路としても使えるようだ。男坂と女坂とある。まず女坂のほうを登ってみた。急な坂もあり、登るのには大変である。あまり登らない人もいるが、せっかくきたのだからと登ってみた。観光客も多く、ところどころに大きな建物があって、監視していたそうだ。

一番高いところに登って眺めたが、いくら見てもあきない。ただただ驚くばかり。遥か彼方に、雲に隠れるように延々と続いている。なんと云ったらよいのか、言葉ではいいようがない。宇宙から見える地球上の建造物は、万里の長城だけだそうだが、いかにもと思った。

この万里の長城を造るには、どれだけの民衆が動員され、どれだけの人が犠牲になったのか。ガイドさんが、「昔、罪人を連れてきて奴隷のように使ったそうで、そこで倒れれば埋めてしまった」と話していたが、今でも壊れたところから人の骨がでてくると云っていた。どこの国でも昔、城など造るときなど、民衆が大勢、犠牲になったようである。

万里の長城もそうであったろうと思いながら見て回ったが、それにしても見事な長城である。万里の長城は、どこまで行っても、いつまで見ても、まだまだだいたいように、別れるのが惜しいようである。一回はみなさんにもどうしても見せたいと思いながら後にしてきた。

万里の長城の筆者（左側）

帰りは北京空港十一時の出発である。花巻までチャーター便で四時間の旅。天候もよく、飛行機の窓から下を眺めると素晴らしい。海の上を日本に向かって真っすぐに、ところどころ島のようなところが見える。もうそろそろ日本列島に入ったのかなと思うと、なんとなく安心したような気になる。やはり早く家に帰りたいのかなと思っていると、花巻の上空である。だんだん川や田んぼ、家などが見えてきた。花巻空港に着いたのは三時も過ぎていた。

幸い、今度の旅行は天候もよく、気候も日本とほとんど変わりないから、みなさんも元気だったので本当に楽しい旅だった。この記念植樹や中日友好訪中旅行を企画してくれた山西会のみなさんや旅行を世話してくれた県北観光さんには感謝している。今後もこのような旅行があったなら、みなさんも参加して楽しい思い出としていただきたい。

中国のガイドさんやその他多くの方々には、大変お世話になり感謝している。とくにわれわれをパトカーまで出動し先導してくれた配慮には、本当に感謝と感激で胸の詰まる思いだった。中国の国民性なのか、今まで(戦中や戦前)のことはもう昔のことで、「あれはもう忘れましょう。これからはお互い(日本も中国も)仲良くやらなければいけない」と話していたが、本当に寛大な国民である。日本人も多いに学ばなければと思いながらの楽しい旅だった。

思いのままに書いたが、思い違いや勘違いがあろうかと思っている。が、なにしろ二千年の歴史がある中国を一週間で見るのだから、とても私の力では全部は覚えきれていない。そのへんはご容赦願いたい。

十九――シルバー洋上セミナーに参加して

このたびは当局のご配慮により壮行会までやっていただいた。シルバー洋上セミナの一員として参加させてもらったが、貴重な体験とよい思い出の楽しい四日間だった。

一月七日出発の朝、起きて見ると猛吹雪である。今日は大変だと思いながら、花巻空港に着いた。思った通り今日は天候が悪く、大阪よりの便がなかなか着陸できないとのアナウンスがあり、そのうち天候の回復を待ってなんとか着陸したので、三十分遅れの出発となった。

大阪空港に着いたのが二時二十分頃であったが、もう空港にはバスが待っていて、さっそくバスで大阪城見学である。いつ見ても、あの大阪城の巨石というか、大きな石を、どのようにして運び、積んだのだろうかと不思議に思っている。

見学も終わり、いよいよ乗船である。もちろん、こんな大きな豪華客船に乗るのは初めてである。客船はふじ丸、二万三千トン。なにしろ、大きなビルでも動くような感じだ。船などに乗ることもない。若い頃、満洲に渡った時と満洲から引き上げる時ぐらいしか乗ったことがない。なんとなく楽しいような気もしたり、揺れるだろうかなどと考えたりして乗り込んだ。

船内ではただちに開講式、オリエンテーションがあり、それも終わると、六時頃より関西県人会の方々との交流会である。お互いに挨拶やら地元の話題など話し合いながら、今度は夕食会である。この交流、パーティー（懇親会）がまた楽しい。テーブルを囲み、ビールを飲みながら、誰かれとなく話しかけてくる。私は遠野だとか、花巻だとか、どこの誰だとか、みなさんが気どらず気楽に話しかけ、とてもなごやかなうちにパーティーも終わり、「元気で楽しい旅をして下さい」と云って別れた。

翌日は六時起床、朝の体操、朝食も済ませ、いよいよ出航である。大阪湾を出て船は動き出す。船内では高橋力（紫波の教育長）さんの基調講演があり、大変有意義な話だった。また組別、班別に交流し、県下各地より集まったみなさんが、一グループ九名で三十班となり、与えられたテーマによりそれをまとめて班長が報告する。テーマは「今、自分が社会に対してできること」である。翌日、前に報告したのを、六名の人が、みなさんが集まった前で報告するのである。他に「生きがい講座」というのがある。それぞれ自分の好みによって参加する。

上は岩手洋上セミナー、下は神津船長と筆者

　この日は天候が悪く、船はとても揺れる。どこか気分が悪いようだ。船酔いである。とても駄目だという人、食事など食べない人。丘で暮らす人は船には弱い。船は水の上に浮かんでいるから、揺れるのも無理はない、などと思っていると、なんとなく気分がよくなっ

てきた。船長さんが言った。「船が動いていると思うから酔う。自分で船を動かしていると思えば酔わない」と。

一月九日（三日目）、いつも通り朝食も終わり、九時から全体会議である。そこで昨日各班で纏《まと》めたものを、テーマごとに六名が報告する。高齢者である関係か、どうしても老人についての話題が多い。たとえば老人のいる家には落ちがない、老人もあまり迷惑にならないようにしたい、今はあまり豊かになり過ぎて、今後どうなるだろうか、本当に危機がきたときどうするのか、などなど話題は尽きない。

つづいて神津定剛船長のキャプテントーク「海とともに」との話があった。船長さんは信州長野の生まれで、少年のとき、自転車で東京まで出てきた。今でいう家出少年であった。若いときから海が大好きで、大学を出てすぐ船に乗ったと言っていた。今でもマラッカ海峡など通る時は、海賊などが出ることがあると話しており、とても気さくな人だ。海の男らしく豪快で、それでいて優しく、誰とでも話をし、写真などにも喜んで入り、みんなに握手をしたりするなど素晴らしい方だった。

最後の晩のパーティーも、とても楽しい。今晩は最後とあり、飲んで酔うほどに歌う人、踊る人、アコーディオンあり、輪になってダンスをやる人、お国自慢や自慢の喉を披露する人。皆さんも愉快になり、盛り上がって時間の経つのも忘れるほど楽しかった。

私も楽しくやっていると、みんなの前で名前を呼ばれた。出てみたら、誕生日（一月十日）だからと、九名とともに船長さんより表彰された。船長さんの色紙と記念品を貰《もら》って、みんなに祝福され、二重の喜びで本当によかった。パーティーも別れを惜しむかのように遅くまでつづいた。明日はいよいよお別れだなと誰となく言って、パーティーも終わった。

翌日（十日）はお別れの日だ。いつもの通り朝食もすませ、二階のパシフィックホールで、増田知事の知事講和があり、「みなさんも帰りましたら、地域でこの貴重な体験を生かして頑張って下さい」と。このような企画は今後も続けたいとのことだった。別れを惜しみながら、十時下船となり、みなさんとまたかならず再会することを誓って別れた。

みなさんも気軽に参加してみませんか。かならず素晴らしくよい友とめぐり合い、楽しい体験と一生の思い出となることでしょう。短い四日間だったが、みなさんと語り合い共に暮らした素晴らしく楽しい旅だった。

第三部　新聞掲載編

付I――今でも不思議に思う

この話は今から四十八年前の昭和二十年五月のことである。昭和二十年といえば、日本が終戦となった年である。あのころの日本は戦況もあやうくなり、国民皆兵の時代でもあり、私も現役兵として二十年二月に満州に渡った。二月の満州はなお酷寒であった。雪はあまりないが、寒さは厳しく、氷点下三十度くらいはある。日本の冬とは比べものにならない。

初めて見る異国満州は、日本のような山は見えない。どこまでも地平線が続く広漠たる原野である。その満州を、列車は一路北満へと進み、奉天を過ぎ新京に着いた。列車は、また北上し、ハルピンを通り、昂々渓《こうこうけい》に着いたのが二月の末ごろであった。満州の鉄道は当時の日本とは違い広軌道で、大陸鉄道であった。昂々渓の兵舎では、古兵らがペチカを暖めて私たちを待っていた。大変優しく迎えてくれたのもつかの間、二、三日すると、きびしい訓練が待っていた。起床、食事、訓練の毎日である。ある時は特攻隊として、爆雷を抱いて敵の戦車に潜り込みの戦闘訓練である。

一ヵ月が過ぎたある晩、急に腹が痛むので班長に話し、衛生兵に背負われ、フラルキの陸軍病院に行った。急性胃かいようと言われ、一ヵ月ほど入院した。軍隊も入院中は訓練もなく暇である。食事が終われば、皆集まっていろいろ話している。

ある時、だれかがコックリさんがいるので占ってみないかとなった。皆でよかろうとなり占っていると、一人の兵隊が、私がいつ日本に帰るかを占ってくれと言う。コックリさんが、はしを十本くらい持ってなにやら呪文《じゅもん》を唱えた。唱え終わってしばらくして、「お前さんはシベリアに行く。日本には帰らない」と言ったので、皆驚いた。そんなばかなことがあるかとなった。だが、コックリさんはまじめな顔で、私もそう思うけど、占いがそう出たと言うのである。その場はだれも気にも留めずに別れた。

当時としては捕虜になってシベリアへ行くなどとはだれも考えなかった。しかし、その後敗戦となり、ソ連軍に連行されたのである。あの時の兵隊が本当にシベリアに行っただろうか。今になっては到底《とうてい》知ることはできない。もしシベリアへ行ったなら、あれは本当だったのだ。

(平成5年8月8日付『岩手日報』〈おはなしクラブ〉)

付II――重度障害者と蔵王ドライブ

A君は重度の障害者。歩くことも話すこともできない。食事も流動食である。毎日ベッドに寝ていて、時折、車いすに乗せてもらい、ベッドのまわりを巡ってはテレビを見るだけの生活である。

なにしろ言葉が出ないので、すべて筆談。それも手が不自由なため、なかなか分からない。時々、奥さんに通訳してもらわなければならない。

ある時、私がどこかに行ってみたいかと聞いたところ、行きたいとなった。さあ奥さんや家族の方も大変だという。「そんな格好でどこへも行かれないんだ。どうしても行くのか」と聞くと、いい方の手を鼻の上に上げ、こぶしを握ってみせ、大丈夫だと答える。というのは、何年か前、あまり不自由でなく歩行もでき、言葉も話せたころ、私が車に乗せて八甲田山と岩木山に登ったことがある。今でもそのときのことが忘れられないそうだ。

私も今の体では無理かと思ったが、どこかへ行きたいかと聞かれたのだから、本人とすれば、これ幸いと思ったであろう。この「チャンス」を逃しては大変と、即座に「蔵王に行きたい」となった。

困ったな──と思ったが、言った手前、断わることはできない。一番困ることは食事と用便である。心配ではあったが、本人の身になれば、家にばかり居るよりはどこかに行きたいと思うのが人情。それを考えれば、連れていってやろうと行くことに決めた。本人とすればたまらない喜びよう。「いつだろうか」「まだだろうか」と毎日待っている。それだけが毎日の話題となった。

「それでは八月末に行きましょう」となり、心の準備をする。私も蔵王には前にも登っているが、今度は障害者と一緒であり、私なりの「コース」や時間も調べてみた。

いよいよ出発の日が来た。朝七時の出発、まだ朝もやが深いが天候は良さそう。晴れてくれと願うばかりである。なにしろA君は巨体で、とても私の手には負えない。家族総掛かりでやっとのこと車に乗せ、通訳や用便のために奥さんも同乗し出発した。

八時ころ、高速道に上り、車は蔵王へとひた走り。時折サービスエリアに車を止め、小休止。本人は車から降りることができないので、ただただ乗っているだけである。

蔵王山頂に着いたのが十二時。私たちが御釜を巡ってくる間も、A君は車に乗ったままであったが、それでも満足だという。一時ごろ帰路となり、また高速道をひた走り、家に着いたのが夕方五時半であった。

A君とすれば、ただ車に乗って走っただけなのだが、とても楽しかったと満足している。その晩はぐっすり眠れたし、いい思い出となったと喜んでいた。

（平成6年9月14日付『岩手日報』〈ばん茶せん茶〉）

付III――在宅福祉の充実を

国でも地方でも今一番問題は、今後一層進むであろう高齢化社会にどう対応したらよいのかということだろう。いくら老人ホームなどを増設したところで、人口の二十パーセントも高齢者が占め、寝たきり老人が増えていけば、施設としても受け入れられるものではない。しかし、これは近いうちに必ずくる問題である。

施設でも受け入れできないとなれば、在宅しか方法はない。本当は高齢者としてもわが家が一番住みよい。いかに立派な施設ができて入所しても、最初は家に帰りたいというようである。そのぐらいわが家というのは住みよい所であろう。

その家で生まれ育ち、また若い時に嫁いできて家のためと思い、一生懸命働いて子供を育て、孫の子守も終わり、孫も一人前になってみたら、いつの間にか老人となっている。その時、家族から家では面倒見られないから、どこか施設（老人ホーム）にでも入所しないかと言われたなら、どうだろう。おそらく涙を流し悲しむであろう。それでも、どうしても施設に入所しなければならない場合もあろう。

独り暮らしになった場合、あるいは子供があっても町などに出てアパート暮らしのため、親を連れて行きたくてもできないなどの場合もあろう。

今は国でも在宅福祉に力を入れているようだが、在宅介護を進めるのであれば、それなりに在宅介護をしやすいような施策が必要ではないだろうか。老人ホーム等の施設も限度があると思う。施設を造るにしても数億はかかる。施設ができても、運営していくにも一人二十数万円の措置費(人件費)がかかるのである。それならば在宅で介護している人に相当の手当を支給するようにしたらどうだろうか。

今でも特別介護手当は月二万三千円ぐらいあるようだが、もし、会社を辞めたような場合、給料の半額程度を介護費として支給し、家で介護してもらう方がよいと思う。施設を増設するよりは得策である。そうでもしなければ、いかに在宅介護、在宅福祉を叫んでも、なかなか確立されないであろう。

ある在宅介護家庭を知っているが、大変なようである。夫が十年ほど前に脳卒中で倒れ、何年か入院し、現在自宅で妻が介護している。夫は半身まひで言葉も出せず、食事も流動食なため、一時間以上もかかる。夜も用便などで四、五回は起こされるそうである。ゆっくり休むことはないと語っている。

そのような人のためにも、施設では二、三日入所(ショートステイ)してもらって、介護者を十分に休養させてほしいと思う。

(平成4年2月17日付『岩手日報』〈日報論壇〉)

付Ⅳ――老人クラブに思う

老人クラブについて、日ごろから感じていることがある。その第一は、なぜ老人クラブに加入したがらないのかという問題である。まだ若いからという人もいるだろうが、他の要因もあると思う。

県の独り暮らし老人等の動態調査を、私たち民生委員でやったことがある。その一項に老人クラブに加入してますか――の問いに対して、加入してない人は、「魅力がないから」という答えがかなりあった。

今の老人クラブは、ゲートボールが必修科目のように行なわれているのが実態である。愛好する会員もいるが、そうでない会員がいるのも事実である。また、ルールが難しくて、駄目だという会員もいる。

確かに老人にとってルールが難しいし、対抗意識が強くてなじめない人もいる。例《たと》えば、敵のボールを場外に出してアウトにするとか、十秒以内にやらなければアウトである。元気な老人ならよいが、腰など曲がった人には、大変である。みんなでやるスポーツなら、もう少しルールを緩和して、みんなが楽しめるようにできないだろうか。

ゲートボールの本来は楽しむスポーツであったと思うが、いつの間にか競技として勝負を競うようになった。必然的に会員の中でも選手を選抜するようになり、その結果、選手にならない人は熱意がなくなり、一部の人たちのスポーツになってしまった。

ゲートボールの審判員にしても三年で書き換えであるが、なぜ書き換えをしなければならないのか。もしルールが変わった場合には、講習会などをやって徹底させたらよいと思う。要するに老人たちが、とても楽しかった、面白かったというスポーツでありたい。

老人クラブの本当の目的は老後をいかに健康で楽しみながら今の時代になじみ、若い人たちと融和していくかである。そのためのスポーツであり研修会であると思う。

カタカナ語が多く登場している今日である。わからないではいられない。老人クラブでも研究会などをやったらどうだろう。高齢化社会である。老人自身もいかにしたらよいか考えなければならない。

私たちも最後は、家族とか地域の人たちの世話になるときがくるのである。元気なときには人のためにボランティアなどの奉仕活動もよいではないか。老人クラブもゲートボールだけでなく、みんなが楽しめる会でなければならない。先に立つ人は、いかに会員相互の融和を図るか、会員一人一人の意見を聞き、楽しい会にしなければ今後とも会員は増えないであろう。

（平成4年8月1日付『岩手日報』〈日報論壇〉）

付Ｖ——障害者の療護施設

宮守村に重度の身体障害者施設が開所することになり、現在鱒沢地区に急ピッチで建設中である。四月一日開所となるので職員の採用も終え、研修に入っている。

この施設は重度の障害者五十人の入所施設で、既《すで》に県内全域から入所希望が多くあるという。

ある調査によると、県内にはこのような施設に入所を希望する人たちは百人ぐらいはいるそうである。この施設が開所することで、少しでも在宅で介護している人たちのためになれば——と思っている。

この施設は宮守村で特別養護老人ホーム「みやもり荘」を経営する「ともり会」が経営することとなり、一法人二施設経営となる。人口六千人足らずの宮守村に、このような大きな福祉施設が二つもできることは、本当に〝福祉の里〟づくりにふさわしい。今後ますます求められる地域福祉のため大いに役立つだろう。それにもまして喜んでいるのは、障害者を持つ家庭だろう。

私も民生委員や障害者相談員をやっているが、集まりなどでよく話に出るのが重度の障害を持った子供を抱える家庭の親たちの悲痛にも似た叫びである。

その親たちが一様に語ることは、私たち親が丈夫なうちはどうにか面倒をみてやれるが、私たちが亡くなった後、この子供たちがどうなるであろう、ということである。私もそれを聞いて、もし親きょうだいがいなくなったらと思うと、聞いていてとてもつらいのである。それに答える言葉はない。

ある施設を見学したことがある。そこに手も足も不自由な人で、唯一口だけが丈夫な人が入所していた。その人は車いすで施設の中を自由に移動することができる。すべて口で車いすを操作するのである。車いすもそれなりに改良してある。いかに障害が重くても、自分で自立する気持ちがあれば、必ず成し遂げることができるということを見聞して感心したことがある。

ある人は言った。「障害者が地域社会の一員として、障害を持たない人とともに生活していくことが当然であって、そのような社会こそが正常な社会である。障害者のいない社会はあり得ない」と――。全《まった》くその通りだと思う。これからの社会は、ますますそのような社会に進んでいかなければならない。

障害を持つ人たちも、宮守村にも重度障害者療護施設ができることを喜びとし、時には利用され、いつまでも元気でいてもらいたいと思うのである。

（平成6年2月16日付『岩手日報』〈日報論壇〉）

あとがき

私たちが育った時代は戦時中なために、家庭でも学校でも戦争についての話が多くなり、いやおうなしに戦争に駆りたてられるようになってきた。

もちろん、わが国も明治維新後、鎖国政策から世界の列国の仲間入りをしなければならず、各国が強国をめざしたのである。当然ながら覇権主義が台頭し、植民地政策や併合政策など国民の意志にかかわらず、半強制的に行なわれたのである。

日本も富国強兵をスローガンに、どんどん軍縮を増強し、世界四大強国の仲間入りをすることになった。そのため、各国が競って軍拡競争に入るのである。軍隊が強力になれば、おのずと国政にも軍部の発言力が強まり、軍部の力で国政を掌握しようとする。その結果、二・二六事件などのようなことが起こり、戦争へと進むのである。

わが国も日清戦争、日露戦争、日中戦争、満洲事変、大東亜戦争へと、ずるずると戦争にはまっていったのであった。そのため、われわれ国民も「勝つまでは欲しがりません」と、耐乏生活に甘んじて育ったのである。

日本男子たるものは兵役の義務があり、二十歳になれば徴兵検査をうけなければならず、兵役として軍務につかなければならなかった。そうした時代に育ったわれわれは、どうしても戦争に駆り出され、何百万という人たちが犠牲になったのである。青春を国家のために捧げた同胞に、なんといってお詫びしたらよいのか言葉がない。

今になれば、それは過去の出来事となってしまった。今のこの平和な時代に話してみても、なぜ、そんなことしたのかと、一笑に付すかもしれない。しかし、それは民族を思い、国を案じてのことであったろうと思っている。それを理解してもらわないと、あの戦争で犠牲になられた何百万もの尊い人命が救われないであろう。

今の平和があるのも、若くして国家のために犠牲になられた諸霊のお加護があってのことと思わずにはいられない。そうでないと、あの戦争は無駄な出来事であったとしか思われないであろう。ただただ、ご冥福をお祈りするばかりである。

二十一世紀を担う若き諸君よ、青春を国に捧げ、極寒の地で飢えと寒さのため倒れ、今なお異国の地で国や故郷にも帰れずに眠りつづけている同胞、また南海の果てで水漬く屍《かばね》と散っていった何百万の同胞がいることを忘れてはならない。

ともあれ、紛争や戦争のない平和な時代が、いつまでもつづくのであろうか。続くことを願っているが、その保証はどこにもない。いつ、どこで何（紛争や戦争）が起こるかわからない。そのとき、即座に対応できるであろうか。それは心配ないと言われれば、戦争を経験した者のたわごとといえるかもしれない。そうであってほしいものだと思っている。

戦争は絶対に起こしてはならない。戦争くらい愚かなことはない。国も国民も莫大な犠牲をはらわなければならない。いつまでも平和な時代であって欲しいと心から願うものである。

私も戦争を経験した者として、いかに無残な戦争であったか、骨身に染みている。あの悲劇や残酷は、とても人間のなせる業ではない。そのために何百万の同胞が犠牲になったのである。

いまやあの出来事を語り継ぐ人も、すくなくなってきた。そのためにも、是非この出来事を後世に伝えたく筆を執ることにした。文章はまずくてもいい、真実を伝えたいと思って、暇をみては思い出しながら書きつづけたが、私の書いたものなど、とても一冊の本にして世にだせるものでもないと思っていたところ、このたび元就出版社様の勧めもあって、一冊にまとめることとなり出版することになりました。

出版につきましては、元就出版社社長・浜正史様の絶大なるご高配を賜わり、また社員一同の皆様には、私のつたない文章にかかわらずまとめあげていただいたことに対し、感謝するものであります。

今後ともご指導下さいますようお願い申し上げ、お礼方々、あとがきとさせていただきます。

著　者

私と満洲——逃避行と開拓団の悲劇

2000年5月1日　第1刷発行

著　者　菊　池　一　男

発行人　浜　　　正　史

発行所　株式会社　元就《げんしゅう》出版社

〒171-0022　東京都豊島区南池袋4-20-9-301

電話　03-3986-7736　FAX 03-3987-2580

振替　00120-3-31078

装　幀　純　谷　祥　一

印刷所　東洋経済印刷所

＊乱丁本・落丁本はお取り替えいたします。

ISBN4-906631-49-5　C0095

滿洲國輿地圖

百万分一